書下ろし

恩《おん》讐《しゅう》

女刑事・工藤冴子

西川 司

祥伝社文庫

目次

プロローグ

事件は、夜中の京王多摩川《けいおうたまがわ》駅から五キロほど離れた高架下で起きた。

午前零《れい》時過ぎ——パトカーと鑑識車両のルーフに取り付けられている赤色灯が、暗闇を切り裂くように毒々しい灯りを放ちながら回転し、辺りは物々しい雰囲気に包まれている。

遅ればせながら所轄署の捜査員たちが向かってきているのだろう、遠くから聞こえてくるサイレンの音が次第に近づいてきている。

やがて、寝静まった街を縫《ぬ》うように走る二台の捜査車両が姿を見せ、スピードを落としながら高架下のパトカーと鑑識車両の近くにやってきて停止した。

昼間でも人気《ひとけ》のない場所である。まして、まだ冷え込みの厳しい三月初旬の深夜なのだ。野次馬《やじうま》はひとりとしていない。

停車した二台の捜査車両から降り立った捜査員は、総勢八人。吐く息を白くしながら無言で、立ち入り禁止の規制線が張られている場所へ足早に向かっていく。

規制線の前に立ち並んでいるふたりの制服警察官は、近づいてくる捜査員たちに向かって敬礼すると、黄色い規制線を持ち上げて中へと導いた。

規制線の内側では、ハンディライトを持った鑑識課員たちが、まるで角砂糖に群がる蟻《あり》のように、一台の紺色セダンにへばりついて丹念に調べ上げている。

現場を荒らすわけにはいかない——規制線内に入ったばかりのところで捜査員たちは足を止め、黙々と行っている鑑識課員たちの作業が終わるのをじれったそうに見守っている。

「そろそろ、いいか?」

捜査員たちを率いている神経質そうな顔をした五十がらみの男が、セダンから離れ出した鑑識課員たちに声をかけた。

「どうぞ——」

年配鑑識課員の声を受けて、捜査員たちが、いっせいにセダンへ近づいていった。

しかし、車内を覗き込んだとたん、彼らは一様に見てはいけないものを見てしまったというように顔を強くしかめた。

無理もない。運転席で同僚の先輩刑事が拳銃で右こめかみを撃ち抜き、血まみれになって息絶えているのだ。

村下修治《むらしたしゅうじ》。五十八歳。警視庁調布《ちょうふ》警察署捜査一課巡査部長――あと二年も満たない日々を送れば退官を迎え、平穏な老後が待っているはずだった。

その彼が、己の人生が終わってしまったことに、自分自身が驚いているかのように目と口をぽっかり開けている。

だらりと下がっている右手には銃身が短く、回転式の警察庁制式拳銃のニューナンブ式リボルバー・二十二口径が握られていた。

「遺書は――あったか？……」

神経質そうな五十がらみの私服警察官――篠沢吉伸《しのざわよしのぶ》が掠《かす》れた声で周辺にいる鑑識課員たちに再び声をかけた。

篠沢は所轄の調布署捜査一課の課長である。課長自ら、深夜の現場にこうして臨場《りんじょう》することは滅多にあることではない。

篠沢はほんの少し前まで自分のベッドで熟睡していたところを、自宅にかかってきた電話を受けた妻の明子《あきこ》に無理やり起こされたのだ。

電話をかけてきたのは、当直の鳴海《なるみ》巡査部長だった。もうすぐ四十に手が届くベテラン刑事である。どんな悲惨な現場も見慣れているはずだが、事の次第を伝える鳴海の声は震えて上ずっていた。

篠沢は篠沢で、受話器を通して鳴海の口から耳に入ってくる内容を理解するのにしばし時間がかかった。それほどあってはならないことが起きてしまったのである。

「いえ——遺書も、それらしきものもありませんでした」

一番近くにいた若い鑑識課員のひとりが、やり切れない表情で答えた。

「そうか……」

篠沢は目をつぶり、またすぐに開くと、近くにいた高岡《たかおか》巡査部長と目が合った。

高岡は死んだ村下と組んで捜査することが多かった男だ。ちょうどふた回り年上の村下を「ムラさん」と呼んで慕《した》っていた。

「どう、思う？」

篠沢が低い声で、つぶやくように言った。

「？——」

高岡は怪訝《けげん》な顔で篠沢を見た。

「だから——」

篠沢は苛立《いらだ》ちをこらえながら、車内の村下に一瞥《いちべつ》をくれた。

篠沢の意図を理解した高岡は顔を歪《ゆが》めて、

「自殺です……」

と悔《くや》しそうな声で言ったきり、口をつぐんだ。

それより他に考えようがないではないか——目がそう言っていた。

篠沢だってそう思っている。しかし、万が一にも他殺であって欲しくないという不安から、確かめずにはいられなかったのだ。

「弾は二発、発砲されて、一発は外れて車の天井にめり込んでいました。おそらく、引き金を引く段になってためらい、思わず銃口を逸《そ》らしてしまったんだろうと思われます……」

どうしてためらったところでやめてくれなかったのだ。いや、一度失敗したことで、却《かえ》って決意を強くしたのかもしれない。

それにしても、いったい何があったというのだ？——鳴海から連絡を受けたときから、そのことばかり考えていた。

しかし、篠沢には村下が自殺する理由が皆目《かいもく》見当がつかなかった。

「君は、何か心当たりはあるか？」

篠沢は、大きく息を吐いてから言った。

「ありません——」

高岡は首を横に振ってつづけた。

「ただ、最近、口数が少なくなっていたので、気にはなっていました。一度どこか具合でも悪いんですかと訊《き》いてみたこともあるんですが、本人は疲れているだけだと言ったので、それ以上は訊きませんでした」

疲れていたのは村下だけではないはずだ。一課の捜査員だれもが、一か月前に起きた殺人事件の捜査のために帰宅できない日々が続いて疲労が溜《た》まっていた。

『村下さん、あまり無理しないで、家に帰って休んでください』

篠沢は仮眠室に向かおうとする村下を見かけるたびに声をかけた。

その都度《つど》、村下は口元を軽くほころばせて、

『課長、何度も同じことを言わせんでくれ。気遣いはありがたいが、あんまり年寄り扱いせんでもらいたい』

と、笑っていない目で言われたものだ。

篠沢が調布署に赴任してきたのは三年前である。正直なところ、部下たちと気心がしれているとは言い難い。

特に、高卒の叩き上げで最年長者の村下に対しては、苦手意識を持っていたことは否めなかった。

しかし、解決が長引いていた殺人事件も三日前にようやく犯人が捕まり、捜査本部も解散して、みんなほっとしていた矢先にこんなことをするとは——。

「なんだって、こんなことに……」

篠沢は、心の中で何度もつぶやいた言葉を、だれに言うともなく口にした。

憤《いきどお》り。不安。疑心。後悔——胸の中で、いろんな感情が複雑に絡み合っている。

「課長、第一発見者から直接話をお聞きになりますか?」

パトカーの中で事情を訊かれていた若いカップルが出てくる姿を見た鳴海が、まるで犯人でも見るような目つきで睨《にら》みながら言った。

電話で第一報を寄越した鳴海の話によると、カップルが村下の遺体を発見したのは、午後十一時過ぎ。夜のドライブを楽しみ、人目のつかない場所でいちゃつこうとして、この高架下にやってきたらしい。

その証言と死後硬直がはじまったばかりだということなどからみて、死亡推定時刻は午前十時前後だろうと思われた。

篠沢は一瞬迷ったが、

「いや、調書で読ませてもらう」

と言った。

これから考えなければならないことが山ほどあると思い至ったのだ。

まず、朝一番で署長に報告し、本庁の監察官とマスコミへの対応を協議しなければならない。

同時並行的に村下の家族や近親者と会い、何故彼がこんなことをしたのか徹底調査を行う必要がある。

状況から自殺と見てまず間違いない。しかし、問題は捜査車両に乗り、支給されている拳銃を使用して命を絶ったことだ。

『監督責任』——その文字が、頭の中で少しずつ大きくなってくる。

(自殺の原因がどうであれ、不祥事には違いない。おれもなにがしかのペナルティーは科せられることになる……)

篠沢は車内の村下の遺体に恨《うら》めしそうな視線を向けた。

そして、今回の件ができる限り穏便《おんびん》に済むようにと願いながら、星の見えない真っ暗な夜空を仰ぎ見た。

第一章　猟奇殺人

四月の定期人事異動で、綾瀬北《あやせきた》警察署から渋谷《しぶや》警察署に異動になった三浦信吾《みうらしんご》は初出勤のその日、ＪＲ渋谷駅に到着してすぐに異変に気づいた。

通勤ラッシュの電車から吐き出されるようにホームに降りた人々が、いくつもある改札口へ分散されることなく、何かに吸い寄せられるようにハチ公口のほうにだけ流れていき、あちこちで怒号が飛び交っていたのだ。

「なにかあったんですか？」

近くにいた同じ二十代後半に見える会社員風の男に訊くと、

「わからないよ」

男は不機嫌な顔で言うとすぐに、好奇心を抑えられない様子で人々の流れの中に加わっていった。

身動きもままならない中、三浦は腕時計に視線を落とした。八時を少し回っていた。渋谷警察署は、東口から徒歩で二分の距離にある。出署時間は八時半。ハチ公口で何が起きているのか確かめてからでも、かろうじて間に合うかもしれない。

だが、今日は初出勤の日なのだ。少しの遅刻も許されない——どうしたものかと人の流れに身を任せていると、『通り魔らしいぞ』『ナイフ、持って暴れてるんだってよ』『スクランブル交差点らしいぜ』という興奮した声が、前の群衆の中から相次いで聞こえてきた。

迷いは一瞬で吹き飛んだ。三浦は人の海に飛び込んで、スクランブル交差点があるハチ公口に強引に向かった。

しかし、改札を出てすぐのハチ公前一帯は黒山の人だかりで、ますます身動きがとれない状態になっていた。

「すいません、警察です。空けてください」

三浦は警察手帳を掲げて人垣をかき分けていった。

(!——)

視界が開けたとたん、三浦は目を見張った。スクランブル交差点の真ん中で、若い男がサバイバルナイフを手に持って喚《わめ》いていたのだ。

二十代前半。濃いグリーンのジャンパーに薄茶色のカーゴパンツ。痩《や》せて背が高く、短い髪の毛を金色に染め、耳と唇に銀色のピアスをしている。

男から七、八メートル離れたところで、拡声器を持った私服警察官を中心に五人の制服警察官たちがぐるりと囲んでいる。

スクランブル交差点の前で足止めを食っている野次馬たちは、その様子を恐怖と好奇心が入り混じった目で見つめている。

「危険です。下がって!」

三浦が野次馬たちの中から前へ出ようとしたときだ。およそ三メートル間隔で人々が動き出さないように見張っている若い制服警察官が気づき、両手を広げて目の前に立ちふさがった。

「死傷者は出たんですか?」

三浦が警察手帳を見せたとたん、若い警察官は、はっとした顔になって敬礼した。

「若い女性が三人切りつけられました。幸い、命に別状はないようでしたが、救急車で病院に運ばれて手当てを受けています」

「犯行の動機は、わかっているんですか?」

三浦は、警察官たちと犯人のほうに視線を向けながら訊いた。

「いえ、はっきりしたことはわかりません。しかし、交際していた女性にふられて腹を立てているというようなことを口走っていました」

「?!――そんなことで……」

呆《あき》れると同時に怒りが沸々と湧いてくる。

『無駄な抵抗はやめて、手にしているナイフを離しなさい』

さっきから、白髪混じりで中肉中背の四十前後の私服警察官が、拡声器を持って何度も同じ言葉で呼びかけている。

が、犯人は耳を貸そうとせず、自分を取り囲んでいる警察官たちに向けてサバイバルナイフを振り回しながら血走った目で、「来るな!」と叫んでいる。

三浦は、野次馬にまぎれて背後に回っていった。隙《すき》を見て飛びかかるつもりだ。

しかし、異常に猜疑《さいぎ》心が強くなっている犯人は、警察官たちにはもちろん、野次馬たちにも神経を尖《とが》らせている。へたに動けば、気づかれてしまう。

(どうすりゃいいんだ……)

考えあぐねていると、野次馬たちがいっせいにざわつきはじめた。

「おい、この朝のくそ忙しい時間に、おまえのようなクズに付き合ってるほど、みんなヒマじゃないんだ。さっさと手を出せ――」

三浦が人混みから顔を出すと、上下黒のパンツスーツにホワイトシャツを着た三十歳くらいの女が、右手の人差指に手錠をかけてくるくると回しながら犯人に向かって歩いていく姿が見えた。

身長百六十五、六センチはあるだろうか。ショートカットの髪に、日本人離れした彫りの深い顔立ちをしている、かなりの美人だ。

「工藤《くどう》――」

拡声器を持って説得に当たっていた私服警察官が、苦虫を噛《か》み潰《つぶ》したような顔で舌打ちして言った。

(あの人が……)

渋谷警察署刑事課に、工藤冴子《さえこ》という無謀なことをしでかす女刑事がいるという噂は三浦も耳にしている。

「なんだよ、てめえは……」

まるで物おじせずに近づいてくる工藤冴子に、犯人のほうが戸惑《とまど》っている。

「マジシャンにでも見えるか？　どう見たって刑事《デカ》だろう――」

工藤冴子は、くるくると回していた手錠を両手で広げて見せて言った。犯人との距離は二メートルほどのところまで迫っている。

「来るな！　それ以上きたら、てめえも刺すぞ！」

犯人は、サバイバルナイフを突き出しながら、顔を歪めて叫んでいる。

工藤冴子は足を止めると、顔を突き出すようにして犯人の顔をじっと見つめた。

「キモいな、おまえ――」

「何?」

犯人は、ポカンとした顔をしている。

「顔だけかと思ったら耳も悪いのか?――おまえのその顔、キモいって言ったんだ。恨むならフッた女じゃなく、自分の親を恨め」

工藤冴子は薄ら笑いを浮かべて挑発している。

「てめえ……」

犯人は怒りで顔を紅潮させている。

が、工藤冴子はひるむどころか、犯人を見据えて、

「ほらッ、刺せよ。おまえのようなクズはな、まるっきり女っ気のないムショ暮らしをするのが一番なんだよ!」

と一喝した。

(ウソだろ、おい……)

噂で聞いていた以上の無謀さだ。

野次馬や警察官たちも固唾《かたず》を飲んで見つめている。

すると、工藤冴子を血走った目で睨みつけていた犯人は、右手に持っていたサバイバルナイフに左手を添えて腰のあたりで固定すると、奇声を発して工藤冴子に向かって突進していった。

その間、わずか数秒――渋谷の駅前一帯から音が消え、三浦の目にスローモーションのようにサバイバルナイフを持った犯人が、工藤冴子の体にぶつかっていくのがはっきり見えた。

ドン！――犯人の体を受け止めた工藤冴子の目が大きく見開かれ、交差したふたりの動きがストップしたまま動かなくなった。

（！――）

三浦が絶望的な気持ちで見入っていると、目を大きく見開いていた工藤冴子の顔が、ゆっくりと歪んでいった。

と、奇妙なことが起きた。犯人の体が少しずつ、地面から浮き出したのである。

工藤冴子は、すんでのところで犯人のサバイバルナイフを躱《かわ》し、左わき腹と左腕で犯人のサバイバルナイフを持つ両腕を挟み込み、そこに手錠を持ったままの右手を添えて持ち上げているのだった。とても女とは思えない怪力の持ち主だ。

「痛ぇッ……いてててッ……」

犯人の叫び声は、すぐに「ぎゃあ～ッ」という悲鳴に変わった。

が、工藤冴子は犯人を離そうとしない。それどころか、奥歯を噛んで両腕に全身の力を込めるようにして、さらに犯人の体を浮き上がらせた。

「おまえに傷つけられたのは三人だったな……彼女たち三人分の痛み、しっかり味わってもらうぞ……」

工藤冴子は鬼のような形相《ぎょうそう》で、さらに犯人を持ち上げてゆく。

やがて犯人の体は地面から十センチほども浮き、犯人は「ぎゃっ！」という短く、激しい悲鳴とともにグキッ！　という鈍い、嫌《いや》な音を立てた。

持ち上げられた体の重みに耐えきれなくなった腕が折れてしまったのだ。

チャリン――工藤冴子の上着の下からサバイバルナイフがアスファルトに落ちて、乾いた音を響かせた。

同時に地面から浮いていた犯人の体も背骨を抜かれたかのように、ぐにゃっと曲線を描いて地面に倒れ込んだ。

私服警察官と制服警察官たちが、いっせいに工藤冴子と犯人のもとに走り寄っていった。

「痛ぇッ、痛ぇよぉ〜ッ!……助けてくれッ!　痛ぇッ、痛ぇよぉ〜ッ……」

犯人は、両足をバタバタとさせて泣き叫んでいる。

折れた個所は両腕の肘《ひじ》だろう、そこから手首までの間が妙に長くなって、ぶらぶらしている。

そんな犯人のもがき苦しむ姿を工藤冴子は、ぞっとするほど冷たい微笑《ほほえ》みを浮かべて見つめている。

「おい、だれか、救急車を呼べ!」

拡声器を持って犯人を説得していた私服警察官が、苦しんでいる犯人をどうしたものかというように見ている制服警察官の集団に向かって叫んだ。

「ったく、ハラハラさせやがって……」

私服警察官は苦り切った顔で、工藤冴子を睨みつけた。

「ハラハラした?　刺されて死ねばいいと思っていたくせに——」

工藤冴子は皮肉な笑みを浮かべている。

「腕を折るなんてやりすぎですよ」

ふたりの背後から三浦が言った。

工藤冴子と私服警察官が振り返った。ふたりとも怪訝そうな顔をしている。

「なんだ、おまえ?」

私服警察官が三浦を珍獣でも見るような目をして訊いた。

三浦は胸ポケットから警察手帳を取り出して見せた。

「本日付けで、渋谷警察署捜査一課に配属になった三浦信吾と言います」

「ああ、おまえが新入りか。おれは、係長の北村《きたむら》だ。で、こっちが工藤――」

北村が工藤冴子に目を向けると、工藤冴子は三浦を無視して、

「じゃ、あとは任せた――」

と言って、その場を去ろうとした。

「ちょっと待ってくださいよ」

三浦は工藤冴子の前に回って立ちふさがった。

「なんだ?」

工藤冴子は、うざいと言いたげな顔をしている。

間近で見ると、工藤冴子はほとんどすっぴんであるにもかかわらず、透き通るようななめらかな肌をしている。着ているパンツスーツも伸縮性のある黒のデニム地でできているしゃれたもので、履《は》いているのは黒のヒールの低いパンプスに見えるがスニーカーである。

「ですから、腕の骨を折るなんてやりすぎだと言っているんです」

「こっちは、刺し殺されるところだったんだ」

工藤冴子の口調は冷静だ。つまり、そんなことは思っていなかったということである。

「嘘だ。あなたは最初から、犯人にそう仕向けて痛い目に遭《あ》わせてやろうと思っていたんだ」

無謀過ぎる。とても自分にはできない。この工藤冴子という女は、驚くほど並外れた度胸と運動神経の持ち主である。

がしかし、警察官は無傷で犯人の身柄を確保することが第一優先なのだ。彼女の取った行動は、決して許されるものではない。

「仮に、そのとおりだったとして何が悪い？」

工藤冴子の目の奥に微《かす》かな敵意が宿っていた。

「あなたに両腕をへし折られたあの犯人は、何日か入院が必要になるでしょう。痛みが治まるまで、尋問できません。つまり、捜査に支障が出ます」

三浦が負けじと言うと、工藤冴子はいきなり三浦の胸ぐらを摑《つか》んで顔を引き寄せた。

「じゃあ訊くけど、あのクズのことを、人はなんて言う？」

「え？」

されるがままになりながら、呆気《あっけ》に取られて訊き返すと、工藤冴子はまだうめき声を上げながら、地面を転げ回っている犯人をあごで指して、

「あいつのように、何の関係もない人間をためらいもなく傷つけるやつのことを、なんて呼ぶかと訊いているんだ」

と、抑揚《よくよう》のない口調で言った。

「――通り魔？……」

「ああ、そうだ。普通、女にふられたからといって、何の関係もない人をナイフで切りつけたりはしない。ところが、やつは平気でやった。そんなことができるのは、あいつが人間じゃなく魔物だからだ。魔物には魔物にふさわしい対処の仕方がある。それをしただけだ」

工藤冴子の物言いは確信に満ちていた。三浦は圧倒されて言い返す言葉が出てこなかった。

そして、三浦の胸ぐらから手を離すと、工藤冴子はその場を去っていった。

「ふん。犯人が魔物なら、あの工藤冴子って女はおれたちにとって、さしずめ疫病神《やくびょうがみ》ってところだ」

近づいてきた北村係長が、目で工藤冴子を追いながら言った。

「疫病神?……」

「ああ。あの工藤冴子は一見、女優も顔負けの美人だが、犯人を前にするとまともじゃなくなるんだ。そして、そのとばっちりが、いっつもこっちにくるんだからたまったもんじゃない。ま、ここはいいから署に行って、早いとこ課長に着任のあいさつをしてこい」

北村係長はそう言うと、三浦の肩を軽く叩いて、犯人を取り囲んでいる制服警察官のほうへ歩いていった。


渋谷警察署は、青山《あおやま》通りと明治《めいじ》通りの交差点に立地する、地下四階・地上十四階の高さ六十メートルを超す高層ビルである。

署員数およそ五百人――新宿《しんじゆく》署や池袋《いけぶくろ》署と並ぶ都内有数の大規模警察署で、建物の形が本庁に似ていることから「ミニ警視庁」と呼ばれている。

三浦が配属になった捜査一課は、強行犯一係から六係まであり、六階フロアの中央部分を占めていた。

「初出勤早々、事件現場に出くわすとはご苦労だったな」

捜査一課課長の本宮総司《もとみやそうじ》は渋谷一帯が見渡せる、だれもいない会議室に三浦と二人きりになると、事件現場となったスクランブル交差点のほうに目を向けて言った。

本宮課長は、四十歳を二つ三つ過ぎているだろうか。上質なスーツを着こなし、あごのラインがすっきりとしているその顔は警察官というより、やり手のビジネスマンといった印象を与える。

「いえ、犯人逮捕に協力できたわけでもないのに、出勤時刻に遅刻してしまって申し訳ありませんでした」

三浦は本宮課長の背中に向かって、軽く頭を下げて言った。

着任のあいさつを終えると、ついてくるように言われて、同じ階にある空室のこの会議室にやってきたのだ。

何か他の署員に聞かれたくない話があるのだろうか?――三浦には見当がつかなかったが、もしかするとさっき起きた通り魔事件に関することかもしれない。

「まったく、工藤には頭が痛いよ」

本宮課長は顔だけ向けて言った。

やはり、今朝の通り魔事件に関することで話があるのだ。二係の北村係長が言ったとおり、案《あん》の定《じょう》、工藤冴子が犯人に対して取った行動は捜査一課全体が迷惑を被《こうむ》ることになった。

というのも、逮捕時の一部始終を野次馬の中の数人が携帯電話のムービー機能を使って撮影し、パソコンのウェブサイトで動画配信していたのである。

その動画には音声こそはっきりと拾われていなかったが、犯人の両腕が女刑事によって骨折されたという撮影者のコメントが入っていた。

そして、その動画を視聴した人たちの間で、逮捕の仕方に賛否両論が沸き起こり、渋谷警察署と警視庁に、抗議の電話が多数寄せられたのである。

そういう声に対して警視庁はマスコミとウェブ上で、

『捜査員は、犯人に対して何度も凶器を手放すように説得したが聞き入れられず、これ以上被害者を出すわけにはいかないと判断。その結果、危険を承知で犯人に近づき逮捕することができたことは、適切な対応だったと判断している。ただし、その際、犯人に怪我を負わせたことは誠に遺憾である』

という見解を発表して鎮静化を図った。

だが、その一方で、警視庁の上層部から渋谷警察署には厳重注意が言い渡され、本宮課長は署長から始末書の提出を求められたらしい。

「課長、それで、僕に何か？」

自分も何か責めを負うことになるのだろうか？——恐る恐る訊いた。

「三浦君、今日から君は、あの工藤冴子と行動をいっしょに取ってくれ。そして、彼女がなにかしでかしそうになったら、すぐにわたしに連絡してほしい」

本宮課長は穏やかな口調で言った。

三浦が即答しないでいると、

「どうした？」

本宮課長が振り返った。

「あ、いえ——どうして僕なんでしょう？」

スパイをしろと言われているようなものだ。すんなり、わかりましたと答えるほうがどうかしている。

「君に期待しているからだよ」

本宮課長は、白々《しらじら》しいことを平気な顔で言った。

（課長は何を買い被っているんだろう？……）

自分は、これまで大きな事件を解決したことがあるわけでない。そんな自分が小規模警察署の綾瀬北署から渋谷警察署の捜査一課へ異動になったのは、去年受けた昇任試験に受かって巡査から巡査部長になったご褒美《ほうび》に過ぎないのだ。

「事件現場で君は工藤にやりすぎだと嚙みついたそうじゃないか。北村係長から報告を受けた」

三浦の内心の戸惑いを見て取ったように本宮課長は言った。

「はあ――」

「君の言うとおり、工藤のあの行動はやりすぎだ。だが、触らぬ神に祟《たた》りなしとばかりに、彼女に噛みつく根性のあるやつはいなくてね。だから、彼女の相棒には君が適任だと判断した。工藤が暴走しそうになったら、遠慮なく止めてくれと言っているんだ。引き受けてくれるな?」

だが、直属の上司である北村係長でさえ、疫病神呼ばわりして手を焼いている工藤冴子の相棒など自分には荷が重すぎる。

「課長、このことは北村係長は、ご存じなのでしょうか?」

「もちろんだよ。北村は君に、工藤は疫病神だと言ったそうだな」

本宮課長は苦笑いして言った。

「ええ」

「あのふたりは同期なんだ。工藤は、確かに無茶はするが、刑事としての腕はピカイチだ。同期で上司でもある北村にしてみれば、工藤はいろんな意味で厄介《やっかい》な存在なのさ」

北村係長と工藤冴子が同期?!――ということは、工藤冴子は四十歳前後ということになる。驚いた。とてもそうは見えない。

「係長が手を焼いている人の相棒が、僕に務まるとは思えませんが……」

「やってみてそう判断したときは、わたしにそう言ってくれ」

「はあ」

期待していると言っている割には、ずいぶんあっさりしたものだ。もし、期待に添うことができなければ、飛ばすということなんだろうか？　どっちにしても、課長命令なのだ。断ることなどできない。一か八《ばち》かやってみるより仕方がないだろう。

「じゃ、頼んだぞ。話はそれだけだ」

三浦は声に出して返事はせず、黙ったまま一礼して部屋を出た。

会議室から捜査一課までは五メートルも離れていない。三浦が戻ると、七人いる二係の捜査員は工藤冴子を除いて全員出払っていた。

北村係長は、今朝の通り魔が入院している渋谷総合病院に事情聴取をするために行ったと聞いているが、他の捜査員たちがどうしているかは知らされていないし、まだ顔も合わせていない。

「あの――」

三浦は出入り口に一番近い席のデスクに両肘をついて真剣な顔で知恵の輪をいじっている、工藤冴子に声をかけた。

会議室に行く前から同じものをやっている。かなり難解なものなのだろう。亜鉛合金で作られたキャストパズルと呼ばれるやつだ。

「今日から工藤といっしょに行動しろ。あの女がなにかしでかしそうになったら、すぐに連絡するんだ——課長にそう言われたんだろ?」

工藤冴子はアルファベットの『A』と『B』の形をしたものが絡み合った知恵の輪をいじりながら、会議室の壁に耳をあてていたのかと思うほど正確に言い当てた。

「聞いていたんですか?」

驚いて訊くと、工藤冴子は大きな瞳をじろっと向けて、

「人聞きの悪いことを言うな。課長は新入りがくると、必ずそう言うんだ。ま、だいたい二か月。がんばって三か月で北村に泣きついていなくなってくれるけどな」

と言って、また知恵の輪に視線を戻した。

そうだったのか——三浦は、期待しているから頼むんだと言った課長の白々しい言葉と顔が思い出されて、バカバカしい気分になってきた。

それにしても、自分とコンビを組む相手が音を上げることを喜んでいるふうの、この工藤冴子という人はどういう神経をしているんだろう。

「ともかく、よろしくお願いします」

三浦は内心をひた隠して工藤冴子に向かって軽く頭を下げた。

「信吾ちゃんさ――」

突然、甘ったるい声で名前を呼ばれた。

「?――」

三浦は反射的に辺りを見回した。

声は間違いなく工藤冴子のものだったが、まさか下の名前を呼ぶとは思っていなかったからだ。

「違ったっけ、下の名前?」

工藤冴子が、黒目がちの目で下から見上げるようにして訊いてきた。角度がそうさせているのか、妙に色っぽい。いろんな表情を見せる女だ――。

「あ、いえ、そうですけど……」

どぎまぎしていると、工藤冴子はじっと見つめて、

「おまえ、なんで刑事になったんだ?」

今度は打って変わって乱暴な口調で訊いた。

「なんでって――どうしてそんなこと訊くんですか?」

唐突で不躾《ぶしつけ》な質問に憮然《ぶぜん》とした顔で答えると、工藤冴子は、ふっと薄い笑みを浮かべ

た。

「名前と同じで、かわいい顔しているもんだからさ。どうしてそんな坊やが、刑事になんかになろうと思ったのかなと思っただけさ」

彼女よりは確かにかなり年下だが、階級は同じ巡査部長なのだ。「坊や」呼ばわりされる筋合いはない。

「工藤さん、今度、そんなからかうような呼び方をしたら、本気で怒りますよ」

「おぉ、こわい、こわい――」

工藤冴子は肩を縮《ちぢ》こませながら、舌をちろっと出して茶目っけいっぱいのかわいらしい顔をしたかと思うと、突然、立ち上がって、

「さて、行くか」

上着のポケットに知恵の輪を入れながら言った。

「行くって、どこへ?」

ポカンとした顔をしている三浦に、工藤冴子は険《けわ》しい顔を向けた。

「今までヒマで知恵の輪いじってたと思ったか? 警らだよ。三浦巡査部長殿が管轄エリアを頭に叩きこんでおかないと話にならないだろが」

工藤冴子は、本宮課長に呼ばれていった三浦が戻ってくるのを待っていてくれたのだ。

「すぐ用意します」
必要最低限の荷物を準備した三浦は、背筋をまっすぐに伸ばして大股で歩く工藤冴子のあとをついて行った。

寒い。四月も中旬だというのに、署から一歩外に出ると真冬のような冷たい風が吹いていた。

渋谷警察署から国道二四六号線を挟んだ東急《とうきゅう》プラザ側に向かうには、長い歩道橋を渡らなければならない。

地上でもこの寒さなのだ。歩道橋の上に出ればビル風も手伝って、さらに冷たい強い風に晒《さら》されるだろう。

歩道橋の手前まで来た三浦はコートの襟を立てて、風が入りこまないように右手で首のあたりを摑んで階段を昇った。

足を運びながら目線を上げると、自分と同じような格好をした会社帰りのサラリーマンやOLたちが、幅の狭い階段を寒さに耐えるようにして黙々と昇り降りしている。

階段を昇り切ると、駅前のバスターミナルに設置されている時刻と温度を表示する電光掲示板が目に入った。

温度は五度になっていたが、体感温度はもっと低く零度かマイナス一、二度ではないか。

時刻は午後七時四十分――東急プラザ裏のビルの中にある居酒屋での歓迎会は八時からだから、ちょうどいい時間に着くだろう。

さっきまでいっしょに署にいた工藤冴子は、今朝から手にしている知恵の輪をいじりながら、面倒くさそうに欠席すると言った。予想はしていたが、その言い分がふるっている。

『ヒラメやカレイたちの仲間になってもしょうがないだろ』

意味を訊くと、係長の北村は、隙あらば出世の機会を狙っている男で、いつも上ばかり見ているヒラメのようだというのである。

そして北村係長の部下たちは、保身に汲々《きゅうきゅう》としていて、目立たないカレイのように横ばかり見ているのだという。

警察官は、言うまでもなく公務員である。その巨大な組織は、秩序と規律を重んじる徹底したピラミッド型の階級社会だ。

そんな組織で、独身ならともかく家族を持った者が生きていくには、工藤冴子がいうところのヒラメかカレイのどっちになるかを選択せざるを得ないのかもしれない。

(おれはヒラメとカレイ、どっちを選ぶんだろう……)

出世に興味がないといえば嘘になる。何か問題が降りかかってくれば、必死に自分の身を守ろうともするだろう。

しかし――そこから先の言葉が出てこない。だが、胸の中のこのもやもやは、そうは割り切れないものがある証拠だとも思う。

『なんで、刑事になったんだ?』

唐突に、工藤冴子の声が頭の中でこだました。

(おれが刑事になったのは……)

工藤冴子の問いに答えようとして、はっとした。

もしかすると、工藤冴子は、上も横も見る必要はない。刑事は犯人を捕まえることだけを考えていればいいんだと言いたかったのではないか?――頭を振って苦笑した。あんな無茶をする女を買い被っている自分はどうかしている。

歩道橋から降りて、東急プラザと大手都市銀行の間の道を入って十メートルほど進むと十字路にぶつかり、飲み屋街に出た。

そこは渋谷駅からすぐ近くの飲み屋街だというのに、驚くほど人の姿が少なく、不気味なほど静かだった。

長引いていた不況のうえに、東日本大震災と福島原発事故が起こり、節約志向が一層強まっているのだろう。

節電もすっかり定着し、営業していても看板の電気を消している店が多い。それが余計に活気を奪っているような気がする。

三浦は十字路に立って、ビルの三階にあるという『呑呑《のんのん》』という有名な居酒屋チェーンの看板を探すと、四、五メートル先にあった。やはり、看板の電気を消している。

そのビルに足早に向かい、薄暗いビルの狭いエレベーターに乗って三階に行った。

ドアが開くと、すぐ目の前が店舗になっていて、赤地に店名の『呑呑』という文字が白く染められたのれんが入口に掲げられている。

店の自動ドアが開くと、客が入店したことを知らせるチャイムが店内に鳴り響き、「いらっしゃいまっせー！」という店員たちのやたらと大きな声が出迎えた。

「渋谷署の北村で予約が入っていると思うのですが――」

一番近くにいた若い男の店員に言うと、一瞬にして顔を強張《こわば》らせた。

警察の者だと知れば、だいたいの人は緊張するものだ。中には嫌悪感を剝《む》き出しにする人も少なくない。

三浦はそんな反応にもすっかり慣れたが、やはりいい気はしない。

若い店員の男は、すぐにぎこちない笑顔を作ると、

「ご案内します」

と店の奥へ案内した。

あとに続きながら店内を見るともなしに見回すと、客は半分も入っておらず、店内が広いだけに寒々しい感じがした。

「こちらになります」

店員が部屋の前で止まって、右手を指した。

部屋の中から、北村係長の声が漏れてきている。他の人の声は聞こえない。聞き役に回っているのだろう。

軽く息を吐いて戸を開けた。五人がいっせいに顔を向けた。工藤冴子を除いた二係全員が揃《そろ》っていることになる。

「すみません。遅れちゃったみたいで――」

言いながら、首をひねって腕時計を見た。

八時十分前――遅れたわけではない。彼らのほうが早く来すぎていたのだ。

みんなすでにビールジョッキを手にしている。テーブルには焼き鳥と刺身の盛り合わせが載っていた。

自分の歓迎会ではなかったのか?――三浦は胸の内で苦笑して部屋に上がった。

「じゃ、三浦君、一言あいさつ――」

三浦は長テーブルの真ん中にいる北村係長の真向かいに座らされた。

「本日付けで、綾瀬北署から渋谷署に配属になった三浦信吾です。みなさんの足手まといにならないよう、がんばりますのでよろしくお願いします」

警察官の宴会だからだろう、ハイスピードで店員が運んできたビールジョッキを持った三浦が言うと、

「では――乾杯!」

北村が音頭をとった。

それぞれ持っているジョッキをカチンと音を立てて合わせた後、ビールを二、三口飲むと、

「三浦君は、みんなと顔を合わせるのは、今がはじめてだったな。じゃ、順番に名前とあいさつを――」

北村が続けて言った。

「おれ、坂野《さかの》。よろしくな――」

北村の左隣に座っているスポーツ刈りの男が言った。

三十代半ば過ぎだろう。がっしりした体軀《たいく》で、組織犯罪対策課によくいるタイプの強面《こわもて》である。

「よろしくお願いします」

三浦がぺこりと頭を下げると、

「田端《たばた》です。よろしく」

北村の右隣の男が言った。

坂野の相棒だろう。三浦より一、二歳上だろうか。どことなく、歌舞伎《かぶき》の女形《おんながた》を思わせる顔をしている。

「よろしくお願いします」

三浦が軽く会釈して応えると、

「飯沢《いいざわ》と言います。よろしく」

田端の向かいの席の、三浦より若いと思われる男が丸く太った顔を突き出して、にこっと人懐《ひとなつ》こそうな笑顔を見せて言った。

「よろしく――」

三浦も顔を突き出して、横を向きながら言った。

「谷《たに》だ」

飯沢のあとに、三浦のすぐ隣に座っている、五十過ぎで五分刈りのごま塩頭の男がつづいた。その痩せた頬には、刃物で傷つけられたような深い皺が刻まれ、だれよりも日焼けしている。おそらく高卒の叩き上げ刑事だろう。

「いろいろと教えてください」

三浦が丁寧に頭を下げて言うと、谷は何も答えず、困ったなあという顔をしてごま塩頭を手でがりがりと掻《か》いた。

工藤冴子本人が言っていたように、彼女の相棒となった者は二か月か、もって三か月というのは本当なのだろう。だから、社交辞令とはいえ、いろいろ教えてくださいと三浦に言われて、谷は困ったという顔をしたのだ。

すると、その様子を見ていた北村が、

「谷さん、三浦君は結構、もつかもしれませんよ。今朝の現場で、あの疫病神に食ってかかりましたからね」

と言った。

谷は、北村から三浦に視線を移すと、ほぉという顔を作った。

「係長、あの犯人《ホシ》、どんな様子でした?」

北村が犯人が救急車で運ばれた渋谷総合病院に事情聴取に行ったと聞いて、三浦はずっと気になっていたのだ。

「どうもこうもねえよ。あの疫病神が腕の骨を、変にへし折ったもんだから、手術に時間はかかるわ、痛み止めの入った点滴で眠りつづけやがって何も聞けなかった。まあ、それは予想していたことだからいいとして、あんな騒ぎになったものだから、本庁に身柄《ガラ》をもっていかれることになっちまってな。まったく、やってられんよ」

北村は急に不機嫌になってそう言うと、ジョッキに四分の一ほど残っていたビールを一気に飲み干して、当たり散らすように空になったジョッキをテーブルにドカッと音がする勢いで置いた。

トンビに油揚げをさらわれるとはこのことだ。怒りたくなる北村の気持ちもわからなくはない。

「係長、焼酎《しょうちゅう》にしますか?」

一番年若く、丸々と太った飯沢が、ぎこちない笑みを浮かべて言った。

「いつものことなんだから、いちいち訊かないで、さっさと頼めよ」

向かいの席にいる、飯沢と年の近い田端が声を小さくして憎々しげに言った。

「で、三浦、あの疫病神の相棒にさせられた感想はどうだ?」

北村が、『君』をとって呼び捨てにして言った。

「感想と言われても、今日が初日ですし、特にどうということはないです」

工藤冴子とは半日以上、捜査車両で管内を警らしたが、何か目を引くようなことも無く、ほとんど会話らしい会話もしなかった。

少しだけ個人的な話をしたのは、昼食をとったときだ。三浦はコンビニの弁当を買って車内で食べたのだが、工藤冴子は上着のポケットからチューブ容器に入ったゼリー状の栄養健康食品を一個取り出して、それを啜《すす》っただけだった。

独身の工藤冴子は家でも料理をすることはないらしい。調理を必要としないレトルトの健康食品を口にするだけで済ますという。そもそも料理を作るのも食べることにも興味がないのだというのだ。だからだろうか、工藤冴子には、確かに生活の匂いというものが、まったく感じられない。

「あ、そうだ。新入りは、みんな工藤さんとコンビを組むって言われるって聞いたんですが、それって本当なんですか？」

三浦が確認のために訊くと、

「ああ、本当だ。ま、もって三か月がいいとこだがな――」

強面の坂野が、お通しの枝豆を口に運びながら答えた。

「そのあとは、どうなるんですか？」

「他の部署に配置換えになるか、別の署に移るか、そのどっちかじゃないか。ね、係長？」

坂野とコンビの田端が、皮肉な笑みを浮かべて言った。

「左遷になるってことですか？」

「左遷かどうかは微妙なところだが、まあ、出世ではないわな」

北村は含みのあるもの言いをした。

「三浦、火の粉《こ》をかぶる前に、この場で係長に直訴したほうがいいんじゃないか？　あのおばさんとのコンビは勘弁してくれって」

坂野が言った。

「そうすよ。面倒に巻き込まれる前に、コンビを解消しとけば、他の部署か別の署に異動になっても、経歴に傷はつかないすよね、係長」

坂野とコンビを組んでいる田端がつづけた。

（カレイたちとは、よく言ったもんだな……）

三浦は、マル暴によくいるタイプの坂野と歌舞伎の女形を思わせる田端の顔を見比べながら、胸の内で苦笑した。

坂野も田端も、本気で三浦のことを心配して言っているわけではないのだ。まして、北村に本当に直訴したところで、何かいい手を打ってくれるとも思っていないのである。

要するに、係長の北村は頼りになると自分たちは思っているのだとアピールしているだけなのだ。

「ご心配ありがとうございます。でも、どこまでもつものなのか、やってみたい気もしています」

三浦は、坂野と田端に反感を抱いたのでも、天《あま》の邪鬼《じゃく》な気持ちになって言ったのでもなかった。

無茶はするが、刑事としての腕はピカイチだ——本宮課長がそう言う工藤冴子とコンビを組めば、きっと厄介な目に遭《あ》うだろう。

しかし、たとえそうだとしても刑事として学ぶことのほうが多くあるに違いないと思っているからである。

「北村係長と工藤さんとは、同期だそうですね。彼女、もとからああいう人だったんですか？」

坂野と田端から北村に視線を移して訊いた。

「あの女とは確かに同期だが、おれが渋谷にきたのは五年前だ。工藤がなんであんなおかしな女になっちまったのかは、おれなんかよりは谷さんがよく知ってるよ。谷さん、この勇気ある若者に詳しく教えてやってください」

北村が言うと、一番年配の谷はまたごま塩頭をがりがりと掻きながら、困ったなあという顔をして話しはじめた。

「工藤は、もともと生安（生活安全課）にいた。ま、四十になる今でもあの器量だ。若いころはミス渋谷署なんて言われて、言い寄る男がさんざんいた。そんな彼女を射止めたのが、一課にいた高瀬《たかせ》だった。ところが今から……もう十三年になるか。その高瀬が外村《そとむら》という、当時十九歳のガキに殺されちまってな——」

谷は飲んでいた焼酎のお湯割りを飲み干して、コップをテーブルに置いた。

「殺された?!……」

三浦は、谷の空になったコップを手に取って、おかわり作りの係になっている飯沢に、目で頼むと言いながら手渡した。

「ああ。デートで待ち合わせていたハチ公前に高瀬が来たところを、人混みにまぎれて待ち伏せしていた外村が飛び出してきて、工藤の目の前でナイフでめった刺しにしたんだ。外村は、三年前にレイプ事件の犯人として高瀬に逮捕されたガキでな。その三か月前に少年鑑別所から出所してきたばかりだった」

「罪を償《つぐな》って出てきたばかりなのに、どうしてそんなことを——」

飯沢から谷のコップを受け取って渡しながら訊いた。

「逆恨みだ。高瀬に逮捕されて少年鑑別所に入れられて、人生を台無しにされたって言ってな」

そう言って谷は、ごくりと焼酎のお湯割りを飲み込むと、まるで漢方薬を口にしたときのように苦り切った顔をした。

「そんなバカな……」

「工藤が捜一の刑事になったのは、殺された高瀬に代わって、そういうバカたちを自分の手で片っぱしから捕まえてやろうと思ったからだろうな」

谷の言葉を聞きながら、三浦は、今朝起きた通り魔事件で、工藤冴子の命知らずな言動を思い返していた。

腕の骨を折り、泣き叫びながら道路でのたうちまわっていた犯人を、ぞっとするほど冷たい微笑みを浮かべて見ていた工藤冴子——彼女は、あの通り魔と恋人の高瀬を目の前で殺した外村が重なって見えていたということなのか……？

「その殺された高瀬さんの同期が、本宮課長でな。工藤の願いを聞いて捜査一課にこられるように、ずいぶん動いたって話だ。なのに、今朝の一件だってそうだが、工藤は本宮課長に後ろ足で砂をかけるようなことばかりしやがる」

北村は忌々《いまいま》しいといわんばかりの口調で言った。

しかし、今朝の通り魔事件で始末書を書かされる羽目になった本宮課長が、工藤冴子に激怒したという話は聞いていない。

実際、三浦にも本宮課長は「工藤には頭が痛い」とは言ったが、切実さは感じられなかった。

そもそも北村が言うように、工藤冴子が恩ある本宮課長に後ろ足で砂をかけるようなことばかりしているのであれば、一課から飛ばすことなど簡単なはずだ。

なのに、そうしないのは、工藤冴子の刑事としての腕が、それほどずば抜けているということなのか——？

が、飯沢が唐突に、

「課長と工藤さん、デキてるって噂、本当なんすかね？」

と、顔の肉の中に埋まっている小さな目を広げるようにして言った。

「飯沢——」

くだらないことを言うな——そんなニュアンスが込められた口調で、年配の谷が顔を突き出して言った。

「すみません……」

飯沢が太った体を小さくして言うと、

「おれも聞いた」

と、向かいの田端がにやにやしながら助け舟を出すように言った。

「田端、やめろ」

相棒の坂野がたしなめると、

「だけど、坂野さんだって聞いているでしょ？」

田端が不服そうな顔をしている。

坂野は何も答えなかった。その噂を知っているということだ。

北村が言った。

「本宮課長があの女をかばいすぎるから、そんな噂が広まるんだ」

とにかく、おれはあの女が気に入らない――北村は、そんな雰囲気を体全体から発している。

「ま、あれだ――」

北村は、一杯目のビールがまだジョッキの中で半分も残り、料理にもほとんど手をつけていない三浦の顔を見てつづけて言った。

「おまえの歓迎会なのに工藤の話ばかりになっちまったが、相棒の情報が得られたと思って、気ぃ悪くするな。ともかく相棒は工藤でも、事件が起きたらチームで動かなきゃならん。あいつが暴走しそうになったら、すぐに報告するんだ。いいな？」

「わかりました」

三浦がもっともらしい顔で答えると、北村は安心したように、焼酎のお湯割りをうまそうに口に含んだ。


三浦が五反田《ごたんだ》駅に着いたのは、午後十一時近くになっていた。風が止んだせいだろう、いくぶん寒さが和らいでいる気がする。

歓迎会は二時間ほどでお開きになり、北村たちは次の店へと流れていったが、三浦はひどく疲れを感じて誘いを固辞した。

人通りもまばらになっている駅前の桜田《さくらだ》通りを十五分ほど歩き、チェーン店の薬局を左折すると、引っ越したばかりの七階建てのマンションが見えてくる。

その三階の角部屋が三浦の部屋だ。近くまできて何気なく見上げると部屋に灯りが点《つ》いていた。

三浦は、未央《みお》がいることは知ってはいたものの、自然と心が浮き立った。

「ただいま――」

ドアを開けて、奥に向かって声を出した。

「お帰りなさい」

すぐにリビングから、水玉模様のパジャマに淡いピンク色のニットのカーディガンを羽《は》織《お》った未央が、恥ずかしそうな笑みを浮かべて小走りでやってきた。

まだ化粧を落としていない。いや、三浦はまだ未央の素顔を一度も見たことがない。

「うん」

三浦は疲れているのも忘れて笑顔になった。

「初出勤早々、大変だったね」

靴を脱いで、リビングに続く廊下を歩いている三浦の背中に、後を追うようについてくる未央が言った。

「ニュース、見たんだ」

上着を脱いでソファに座り、ネクタイを外しながら言った。

「うん。信吾がテレビに映ってて、びっくりしちゃった」

未央は、心配そうに三浦の顔を覗き込むようにして言った。二重《ふたえ》瞼《まぶた》の大きな瞳《ひとみ》に怯《おび》えの色が走っている。

「本人が一番驚いたよ。初日早々、あんな事件に出くわすなんてさ」

三浦は未央を安心させようとして、背伸びしてあくびをしながら、おどけた口調で言った。

「犯人を捕まえた、あの女刑事さん、すごい美人だね——あ、なんか飲む？」

「お茶がいいな——だけどあの人、とんでもない人でさあ」

工藤冴子が美人だという未央の言葉に、三浦はなぜか同意するのを躊躇《ためら》った。

「とんでもないって？」

お茶を淹《い》れながら、未央は小首を傾げて訊いた。

未央は仕草や雰囲気、顔立ちなど工藤冴子とはまったく対照的だ。簡単にいえば未央は男に好かれる女の子らしさに溢《あふ》れている。対して、工藤冴子は中性的で男からは敬遠されるが、女たちからは憧れられる風貌と雰囲気を持っているように思う。

「ニュース見たろ？　もう少しで刺されるところだったんだから。あの人、あんな無茶ばかりするらしいんだ。だから、みんなから疫病神って呼ばれててさ」

「疫病神？」

未央がテーブルにお茶を置いて言った。

「ありがと——今度おれが配属になった二係の人たち、みんな迷惑を被《こうむ》っているらしいんだ。ところが、その疫病神と、おれ、コンビを組まされることになっちゃってさ」

三浦は、湯呑みを口に運びながら言った。熱過ぎず、ぬる過ぎず、ちょうどいい温度だ。

「そんな人とコンビ組んで大丈夫？」

未央は、さっきより心配そうな顔になっている。

「大丈夫、大丈夫。務まらないと思ったら、課長に言えばすぐにコンビを解消してくれるってさ」

三浦は、おどけた調子で言ったが、未央はいよいよ表情を硬くして沈黙した。

そして、しばらくするとおもむろに口を開いた。

「あたしのことも、もう無理だと思ったら、いつでも言ってね……」

「おい、未央——」

またはじまった。これまで何度同じ言葉を聞いただろう。さっきまでとは打って変わって、室内は重苦しい空気に包まれた。

「あ、お風呂、入ったほうがいいわよ。二十四時間、いつでも入れるなんて便利よね」

未央は、自分が作り出してしまった重苦しい空気を吹き飛ばそうと声のトーンを明るくして言った。

「そうだな。もう遅いし、風呂に入ったら、寝るよ。未央も、もう寝なよ」

「うん。そうする。おやすみなさい——」

未央はキッチンに近いほうの部屋へ入っていった。

ドアが閉まるのを待って、三浦はソファから立ち上がり、バスルームに向かった。

そして無造作に脱いだ衣服を洗濯機に放り込んで浴室に入り、いきなりバスタブに浸《つ》かると、ごしごしと数回顔を洗った。

未央と交際をするようになってもう三年になるが、未《いま》だに未央が自分のことをどう思っているのか、わからなくなるときがある。

三浦は、首まで湯に浸かりながら、ぼんやり天井を見つめた。

そもそも出会ったきっかけが、普通ではなかった。三浦は未央の兄を交通事故に遭わせて死なせてしまった男なのだ。

四年前のことである。三浦が派出所勤務から綾瀬北署に異動になり、憧れだった刑事課に配属されたばかりのとき、強盗事件が起きた。

管内の大手消費者金融会社の支店に、目だし帽をかぶった二人組の強盗がモデルガンを持って押し入り、現金を奪い取ろうとしたのだ。

しかし、そうした事態を想定した訓練が役立ち、女性社員のひとりが犯人たちにわからないように警察に異常を知らせる緊急ブザーを押した。

サイレンの音が近づいてきたことで犯人たちは、現金五百数十万円を手にして車で住宅街へと逃走したが、パトカーと捜査車両によって挟み込まれてしまった。

二人組の犯人は車から素早く降りて、二手に分かれて細い路地へと逃げた。

が、現金の入ったバッグを持った犯人のひとりは行く手をふさがれて捕まり、残るもうひとりを三浦が追った。

そして、その犯人が不意に角を曲がったと思ったとたん、急ブレーキの音が鳴り響き、ドン！　という鈍い音がした。

数秒後その場に行くと、幅の広い道路で乗用車が不自然な形で止まっていて、五、六メートル先に犯人が頭から血を流して倒れていた。

その犯人が安西弘《あんざいひろし》という、未央の十一歳年上の兄だった。

安西弘は、大田区蒲田《おおたかまた》の自動車部品の金型を作る工場の職人として働いていたのだが、一年半ほど前にその工場が二度の不渡り手形を出して倒産。無職になっていた。

安西弘は懸命に職探しをしたが、なかなか見つけることができなかった。そのうち酒に溺れ、賭けごとにも手を出すようになって、闇金から借金をするようになった。

やがて取り立て屋に激しく返済を求められるようになった安西弘は追い詰められて、競艇場で知り合った、似た境遇の男と消費者金融会社に押し入ったのである。

三浦は、遺体の身元確認のために署の霊安室に現れた未央の顔が今でも忘れられない。

悲しむでも嘆くでもなく、人間の持つ喜怒哀楽《きどあいらく》のすべてを失った無表情のマネキンのようだった。

未央は幼いときに両親を交通事故で失っており、肉親と呼べる人間は年の離れた兄の弘だけだったのである。

後になって知ったことだが、両親を失ってから未央は兄の弘とふたりで安アパートに住み、弘の稼ぐ給料で看護大学まで卒業させてもらったのだという。

そして、看護師となって働きはじめ、これから恩返しをしようとしていた矢先に、唯一の肉親であるその兄さえも両親と同じ交通事故で失ってしまったのだ。

三浦は、同僚や先輩、上司からも安西弘を追ったのは自分だということを伏せるように言われた。

三浦も、はじめはそのつもりだった。しかし、未央の表情を見たときから心配でならなくなった三浦は、密かに未央に接触を図った。

後追い自殺をするのではないか――それほど、未央には生気《せいき》というものが感じられなくなっていたからである。

そして初七日の日、三浦は未央のアパートを訪ね、土下座して正直に安西弘を追ったのは自分だと告白した。

しかし、未央は取り乱すわけでもなければ、三浦に恨みごとを言うでも、罵《ののし》るでもなく、ただ無表情のままぼんやりしているだけだった。

三浦は、ますます放っておけなくなった。それからは事あるごとに未央のアパートを訪れて、安西弘の遺影に手を合わせたが、会話はまったくといっていいほどなかった。

そんな未央が三浦に話しかけてきたのは、安西弘の四十九日にアパートを訪ねたときのことだ。

『刑事さん、もういらっしゃらないでください。悪いのは兄なんですから――』

抑揚がなく、感情のないもの言いだった。

『しかし……』

三浦が言いかけると、

『これ以上、来られると、あたし、刑事さんを憎んだり、恨んだりするようになるかもしれません。だから、もう――』

お願いします――そう言いたげに、未央は深々と頭を下げた。

そんな未央に、三浦は吐き出すように言った。

『憎んでください。恨んでください。不慮の事故とはいえ、あなたのお兄さんを死に追いやったのは僕です。罪を犯したとはいっても、あなたにとってお兄さんは、大切な唯一の肉親です。その人を死に追いやった僕を、あなたは憎んで当然です』

未央の目からひとすじの涙が頬を伝わり、見る間に瞳が涙で溢れ出した。

そして、畳に両手をついて嗚咽《おえつ》をもらしはじめると、やがて畳に爪を立てて掻きむしり、腹の底から絞り出すような声を出して、獣《けもの》の咆哮《ほうこう》のように号泣したのだった。

『今度の月命日に、またきていいですか』

泣き疲れ、壁にぐったり背をもたれている未央に三浦は言った。

『刑事さん……』

三浦が部屋を出ていこうとしたとき、未央が頼りなげな声を出して呼び止めた。

『彼女、いますか?』

三浦は、すぐに意味がわからなかった。

『恋人——付き合っている人、いますか?』

未央は視線を宙にさまよわせながら言った。

『いえ。いません』

三浦は正直に答えた。自分はモテないほうではないと思う。何度か女性から告白されたこともある。だが、交際するところまで発展したことがない。いわゆる草食系男子という人間なのだろうと思う。

『それじゃ、あたしを彼女にしてください』

『え？』

思わず未央を見て訊き返すと、未央はゆっくり三浦に視線を向けた。

『兄があんなことになって、勤めていた病院を辞めることになったんです。友達もいなくなりました。あたし、ひとりぼっちなんです。これからも強盗犯の妹のあたしには、友達も彼氏もできないんですよね』

未央の口調には抑揚がなく、表情も乏《とぼ》しかった。

『そんなことはありませんよ』

三浦は語気を強めて言った。

『そうですね、黙っていれば友達も彼氏もできるかもしれないけど、だけどそんなの本当の友達でも彼氏でもないでしょ？』

『いや、そうじゃなくて――お兄さんとあなたは兄妹だけど、人格は別です。だから、友達だって彼氏だって、ちゃんとわかってくれますよ』

『刑事さん、嫌なら嫌だっていえばいいじゃないですか』

未央は諦《あきら》めの笑みとも言うべき、薄い笑みを浮かべている。

『嫌だなんて言ってないじゃないですか』

言って、三浦は、自分の言葉にはっとした。

そのときになって、ようやく自分が未央に好意を持ち続けていたことに気がついたのだ。

だが、未央は、

『冗談です、冗談ですよ。でも、ありがとう……』

と、悲しい笑みを見せて言った。

が、三浦はなおも力強く、きっぱりと言った。

『本気です。あなたさえよければ、僕と付き合ってください』

自分から交際を申し込んだのは、未央がはじめてだった。そうして、ふたりの交際ははじまった。

しかし交際といっても、いまどきの高校生よりぎこちないプラトニックなもので、キスをしたのは交際して一年を過ぎたころだ。

だが、それ以上ふたりの関係は進展しなかった。

むろん三浦が何度か未央の体を求めたが、そのたびに未央は涙ぐんで拒否し、交際はもうやめようと言うのだった。

そんな未央に三浦は、

『未央、おれに彼女にしてくれって言ったのは、おれを困らせてやろうと思ったからなんだろ？　復讐するつもりで、彼女にしてくれなんて言ったんだろ……怒らないから、正直に言えよ』

そう、ずっと心の奥底にあった疑念を口にした。

『違う。そんなことない。それだけは信じて！……』

いつの間にか、それが未央の決め言葉になった。

そのたびに三浦は、今度こそすっぱり別れたほうがお互いのためだと心に決めるのだが、ひと月も経たないうちに会いたくなってしまい、同じことを繰り返すのだった。

そして、今回の人事異動を機会に、三浦は思い切っていっしょに住むことを提案し、それを拒否されたら今度こそきっぱり別れようと決めたのである。

未央の答えは意外なものだった。三浦の提案を素直に受け入れたのだ。ただし、寝室は別々で家賃も折半。つまり、ルームシェアリングという形の同居である。

三浦は、未央の真意を測りかねた。今も測りかねている。

しかし、未央が三浦に好意を持っていることは疑いようがない。むろん、三浦も同じだ。

未央にはきっと、まだ時間が必要なのだ。なにしろ、三浦は未央にとっては父親のような存在だった兄を死に追いやった男なのである。

三浦に非はないと頭ではわかっていても、好意以上の感情を抱いていても、未央はまだ三浦に体を許すことはできないのだろう。

（時間が必要なんだ。未央には、もっと時間が――）

どのくらい湯に浸かっていたのだろう。三浦の額には、細かな汗がびっしりと浮かんでいた。

ひどく瞼が重い。長く湯に浸かっていたせいで筋肉が弛緩《しかん》し、今日一日の精神的な緊張もほぐれて睡魔がやってきたのだ。

三浦は、頭や体を洗うのもそこそこに風呂から上がった。


車内無線からの指令を受けて、三浦と工藤冴子が事件現場に向かったのは、ゴールデンウィークが過ぎたばかりの水曜日、午前十一時を少し回ったころだった。

場所は、渋谷区神泉《しんせん》町二丁目の『パークサイド神泉』というマンション。そこの三〇四号室に住んでいる竹内彰《たけうちあきら》という男が刺殺体で発見されたという。

焦《こ》げ茶色のレンガ張りの外壁で、築年数の古そうな七階建ての現場マンションの前は、野次馬たちでごった返していた。

三浦は、すでに到着しているパトカーや鑑識車両、捜査車両がそれぞれ一台停まっているあとに車をつけた。

「通してください。警察です」

三浦は『捜査』と書かれた腕章を腕に付け、工藤冴子を先導するような格好で野次馬たちの中へ分け入っていった。

「ごくろうさまです」

マンションの入り口に立っている若いふたりの制服警察官が、三浦と工藤冴子に向かって同時に声を出して敬礼した。

「ごくろうさま」

三浦は声を出したが、工藤冴子は頷《うなず》いただけで、三浦を追い抜いて、エレベーターへとまっすぐに向かった。

三階でエレベーターを降りて左右を見ると、五メートルほど離れた右側の廊下に制服警察官が立っているのが見えた。

三浦と工藤冴子が近づくと、ドアの前に立っている制服警察官は、さっと敬礼してすかさずドアを開けた。

玄関は、床が見えないほど複数の靴が乱雑に脱ぎ置かれている。玄関を上がってすぐの場所に透明なビニール製のシューズカバーの入った段ボール箱があった。

三浦と工藤冴子はシューズカバーを手にとって履き、白手袋をしながらリビングに向かった。

十二畳ほどの広さのリビングでは、鑑識課員たちが黙々と部屋中のあちこちで遺留指紋や毛髪、血痕などの採取を行っていた。

すでに来ているはずの捜査員たちの姿はなく、リビングの奥の寝室と思われる部屋から男の低い話し声が聞こえている。

声のするほうへ行くと、開かれたドアに隠れるようにして、強面の坂野とコンビを組んでいる、どことなく歌舞伎の女形を思わせる田端が脅えた顔をしている若い男と話をしていた。第一発見者だろう。

三浦は田端に目であいさつをして、部屋の中へ入った。

「よお」

坂野が三浦にぶっきらぼうに声をかけてきた。

工藤冴子を無視しているのがわかる。

「ご苦労さまです」

「ホトケはそこだ」

坂野が、部屋の真ん中に置いてあるダブルベッドを指さして言った。

見ると、ベッドの中央に、遺体保存のための灰色のビニールカバーがかけられていた。

三浦と工藤冴子は、遺体に向かって手を合わせた。

「まあ、見てみな。ひでぇもんだぜ……」

手を合わせ終えるのを待って、坂野が顔をしかめながら、ベッドのほうを見て言った。

二係のエースと言われている坂野が顔をしかめるほど、遺体の損傷が激しいということだろう。

三浦が躊躇《ためら》っていると、工藤冴子がすっと近寄って行って、勢いよくカバーを取り払った。

ベッドの上の光景が目に飛び込んできた瞬間、三浦は胃の中にあったものが、一気にせり上がってきて、無理やりそれを飲み込んだ。

無理もない。眠りについているように穏やかな顔をした三十代半ばの全裸の男が、心臓を刺されて血まみれになっており、下腹部の男性器がそっくり抉《えぐ》り取られていて、血肉と黄色い脂肪が混じり合った内臓が露出していた。

三浦は、手を口に当てて床に膝をついてしまった。

「？――どうした？」

そんな三浦に、顔色一つ変えない工藤冴子が不思議そうな顔を向けて訊いた。

「いえ――なんでもあり……」

また胃からせり上がってくるものを飲み込もうとしたが、無理だった。

三浦は、手を口に当てたまま立ち上がると、トイレに走っていった。

「昨日今日、刑事《デカ》になったんじゃあるまいし――」

工藤冴子が独《ひと》り言のようにつぶやくと、

「おれだって、目をそむけましたよ。気持ち悪さより、恐怖心が先に立ってね」

坂野が言った。

「?――そういや、坂野、おまえも顔色悪いな」

組織犯罪対策課が似合いそうな強面で、三十代も半ばの坂野が惨殺体を見て顔色を失くしていることが、工藤冴子には意外でならないのだろう。

「工藤さんは女だから、なんとも感じないんすかね……」

坂野は悔しそうに顔を歪めている。

「?――ああ、そういうことか。ま、女には、あんな無様なモノはついてないから抉り取られるかもしれないという恐怖心はないな」

工藤冴子は、鼻で笑うように言うと、

「で、抉り取られたモノはあったのか？」

と、平然と訊いた。

「いえ、ありません。犯人《ホシ》が持ち去ったんじゃないすかね。凶器もみつかっていません」

「死後、十四、五時間てところか――」

工藤冴子が、遺体をまじまじと見ながらつぶやいた。

「ええ。鑑識もそう言ってました」

「物盗りの犯行でもなさそうだな」

遺体から目を離した工藤冴子が、部屋を見回して言った。

竹内彰本人がきれい好きなのか、それとも交際していた女がいたのか、室内はきちんと整頓されている。

「ええ。銀行の通帳も財布の中にも現金がありました。痴情のもつれか怨恨の線でしょうね」

「犯人《ホシ》は女ですかね？」

トイレから戻ってきた三浦が訊いた。顔色は紙のように白い。頬もげっそりしている。

「どうしてそう思うんだ？」

工藤冴子は、まだ遺体から目を離そうとはしていない。

「思い出したんですよ。ほら、昭和のはじめに起きた阿部定《あべさだ》事件ってあったじゃないですか。愛する男を殺して、これと同じように男根を切り取って、肌身離さずもっていたっていう伝説の女——」

「ああ、何度も映画やドラマにもなってるし、小説のモデルにもなってるあの事件な。確かにだいたい、男が男のモノを切り取ろうとは思わんからな」

三浦に坂野が相槌を打つように付け加えた。

「しかし、あれはたしか扼殺《やくさつ》だった。しかも、殺された男が窒息プレイが好きで、阿部定は、その要求に従った挙句《あげく》に殺したということになっているはずだ。だが、このホトケは心臓をひと突きされている」

「じゃ、工藤さんは犯人《ホシ》は女じゃないと?」

三浦は訝《いぶか》しそうな顔をして工藤冴子を見て訊いた。

「そうは言ってない。動機が違う気がすると思ってるだけだ。この状況だけ見ると、マルガイは全裸で眠っていた。つまり、コトを終えて眠っていたところを殺られたと考えるべきだろう。だが、犯人《ホシ》は女かもしれないし、ゲイだという可能性だってある。とにかく、まずはマルガイの交友関係を洗うのが先決だろう」

「坂野さん、一応、終わりましたけど——」

部屋の入り口で、第一発見者から事情を訊いていた田端が顔を出して言った。

「ちょっと待ってくれ」

工藤冴子が答えて、第一発見者のもとに行ったので、三浦もついていった。

「こちら、第一発見者の石田和臣《いしだかずおみ》さんです」

田端が不満げな顔で紹介した。

「同じことを訊くことになるかもしれませんが、答えてください。あなたと殺された竹内彰さんとは、どういう関係ですか？」

工藤冴子は、丁寧な言葉遣いで尋問をはじめた。

「竹内さんの店の従業員」

石田和臣は、うんざりという顔をして答えた。

二十歳《はたち》を少し過ぎたばかりだろう。いわゆるイケメンと呼ばれる部類の整った顔立ちをしているが、中身のない軽薄そうな感じが雰囲気から見て取れる。

「どんな店ですか？」

「ボーイズバー」

今流行の、若い男が女を接客する飲み屋だ。

ホストクラブと似たようなものだが、ホストクラブと比べれば料金がかなり割安で、従業員の男も素人《しろうと》っぽい者が多くいて安心して遊べるというのが売りだ。

竹内彰が経営している、そのボーイズバー『ルーキーズ』は、道玄坂《どうげんざか》の雑居ビルにあるという。

「ここに来たとき、部屋のカギは開いていたんですか？」

「それはですね――」

田端が口を挟もうとすると、

「おまえに訊いていない」

すかさず工藤冴子は、軽く睨《にら》みつけて言った。

田端は、歌舞伎の女形を思わせるのっぺりとした顔を歪め、軽く舌打ちをしてその場を離れていった。

「で、部屋のカギはどうだったんです？」

工藤冴子は、同じ質問を繰り返した。

「開いてた」

工藤冴子が女だからナメているのか、石田はさっきよりさらに露骨に面倒臭そうな態度を取り始めた。

「ここに来たのは何時ごろですか？」

工藤冴子は、そんな石田の態度をなんとも思っていないのか、淡々と尋問をつづけた。

「ほんと、同じこと訊くんだな——十時ちょっと前だよ。昨日の夜、十時に来るように言われていたから、それよりちょっと前に着かないと、またガタガタうるせぇこと言われると思ってさ」

「なんの用だったんです？」

工藤冴子が矢継ぎ早に訊くと、石田は栗色に染めている長い髪の毛の首にかかっている部分をくるくると指で巻きはじめた。同じことを訊かれて、苛立《いらだ》ちがピークになりつつあるのだろう。

「だからぁ、店を辞めたいっつったら、明日、部屋まで来て辞める理由をちゃんと説明しろって言われたんすよ。それで来たら、チャイムをいくら鳴らしても出なくて、なんだよと思ってドアノブに手をかけたら開いててぇ」

「それで？」

工藤冴子は、尋問のペースを緩めない。

「声かけながら部屋に上がったけど、返事がなくてぇ——そしたら、そこの部屋であんなことになっててぇ……」

石田は、若者特有の語尾を上げる物言いが強くなっている。いらついている証拠だ。

「どう思いました?」

「はあ?」

ついに我慢も限界だといわんばかりに石田は、まるでケンカを売るような顔つきをして、工藤冴子にその顔を近づけた。

「どう思いましたか?」

工藤冴子は、まるで動じず、まったく同じ調子で質問を繰り返している。

「だからぁ、意味わかんねえんだよ!」

バン!――石田は、工藤冴子の顔を挟むようにして両手を壁に押し立てると、顔と顔がくっつきそうになるまで近づけて凄《すご》んだ。

と、工藤冴子は、すっと腰を落とすと、素早い動作で石田の背後に回り込み、あっという間に右手で石田の右腕の手首を取って背中に持っていき、同時に左手を右肩で押さえ込んだ。

石田は、壁に顔をくっつけられて、身動きできなくなっている。逮捕術のひとつだ。

「いてて……」

石田が声を上げるのも構わず、工藤冴子はそのまま寝室のベッドに連れていくと、全裸で血まみれになっている、竹内彰の抉り取られている股間に顔を近づけさせた。

「うわっ、な、なにするんだよ！……」

石田は、さっきまでの威勢の良さはすっかりなくなってあわてふためき、もがいている。が、工藤冴子にがっちり押さえ込まれていて、どうにもできない。

そんな石田に、工藤冴子は、

「この無様《ぶざま》な姿を見て、どう思ったかって訊いてんだッ！」

と、息ひとつ乱すことなく言い放った。

石田はすっかり血の気が失《う》せた顔になって、

「す、すみません。なんでも、何度でも答えますから、勘弁してくださいッ……」

目をつぶって泣き声になりながら懇願《こんがん》しはじめた。

はじめてではないにしろ工藤冴子の豹変ぶりに三浦、坂野、田端の三人は呆気に取られている。

工藤冴子は三人の視線など気にせず、石田の髪の毛を鷲掴みにしてベッドのそばに突き放して床に転がすと、

「この男をこんな目に遭わせた人間に心当たりは？」

と、見下ろして訊いた。

石田は、胃からせり上がってくるものを何度も飲み込みながら、首を振っている。

「聞こえないよ――」

工藤冴子は、石田に氷のように冷たい視線を向けている。

「あ、りま、せん……」

石田は吐きそうになるのを必死に堪えている。

「昨日、竹内彰は店に何時頃までいた?」

腰を抜かしたように床に座り込んでいる石田の前にしゃがみこんで、工藤冴子が訊いた。

「いつもと同じっす。十二時くらいまでいました」

石田は、工藤冴子にすっかりびびっている。

「店は何時までやっているんだ?」

「朝の五時までです」

「竹内はいつも十二時くらいに帰るんだよな? じゃあ、その日の売上金はどうしているんだ?」

「店長の梶原《かじわら》さんが、店が終わってから駅前の夜間金庫に入れてるみたいです」

竹内彰の普段の行動や交友関係については、梶原という店長から話を聞いたほうが、もっと詳しいことがわかるだろう。

しかし、それはあとでやればいい——工藤冴子は、そう判断したようだ。

「竹内彰は、最近何かトラブルを抱えているようなことはなかったか?」

「トラブルすか?……」

石田は考えを巡らせている。

「どんな小さなことでもいい」

「いやぁ、仕事柄いろいろあったかもしれないすけど、おれは知らないす」

「竹内彰には、付き合ってた女はいたか?」

「はあ、女好きだから女が来る店をはじめたんだって言ってたくらいすから、何人も彼女はいたとは思うんすけど、詳しくは知らないす」

「変わった性癖があったという話、聞いたことはないか?」

「どういうことすか?」

石田は、ぽかんとした顔をしている。

「たとえば、ゲイとかニューハーフが好きだったとか——」

「あ、竹内さん、そっち系はまるで興味ないっすよ。てか、嫌ってたんじゃないすかね。そっち系の人、うちの店出入り禁止にしていたくらいすから」

石田本人も興味はないのだろう。小馬鹿にしたような薄ら笑いを浮かべている。

「じゃあ、竹内彰を恨んでる、あるいは憎んでいる人間はいなかったか?」

「そりゃ、水商売の店、経営してたんすからね。ひとりやふたり——いや、もっといたんじゃないすか」

石田が興味深げに身を乗り出すようにして言うと、

「おまえ、さっき、おれが訊いたら、知らないって言ったじゃないか」

突然、少し離れていたところで見ていた田端が、近寄ってきて嚙みつくように言った。

「そ、それは——これ以上面倒なことに巻き込まれたくなかったからっすよ……」

石田は不貞腐《ふてくさ》れた顔をして横を向いた。

「このガキ——」

田端が石田に摑みかかろうとすると、

「やめろ!」

坂野が止めに入った。

と、そこへ、

「あの、そろそろ遺体、解剖のほうに回したいんですが——」

坂野と同じ年くらいの鑑識課員が室内に入ってきて言った。

もういいな?——工藤冴子が、坂野に目でそう言うと、坂野はゆっくり頷いた。

「よろしく」

工藤冴子は鑑識課員にそう言ってから、

「犯人《ホシ》に結びつく、めぼしい遺留品は見つかったか？」

と訊いた。

「今のところ特に——血痕がここの寝室からリビングにまでつづいているのと、あとはいくつかマルガイ以外の指紋や毛髪を採取していますので、署に戻って分析照合して報告します」

「わかった——じゃ、坂野、田端、こいつの聴取、しっかり頼んだぞ」

工藤冴子があごで石田を指して言うと、

「ええ。で、工藤さんは、これからどうするんですか？」

と、坂野が訊き返してきた。

「竹内が殺されたのは、今からだいたい九、十時間前——つまり、今日の午前一時から二時ごろだ。この部屋の上下左右の住人なら、ちょっとした物音でも聞こえるはずだ。それの確認を取ると同時に、その時間の前後、この部屋に入る、あるいは近くを歩いていた不審な人間を見ていないか訊いてみる」

工藤冴子はそう言うと、三浦を無視するように立ちあがって部屋をあとにした。

「工藤さん、目撃者探しなら、このマンションの管理人に頼んで防犯カメラの映像を見せてもらったほうが手っ取り早いし、確実じゃないですか?」

リビングを通って、玄関につづく廊下に向かっている工藤冴子の背中に三浦が言うと、

工藤冴子は足を止めて振り返った。

「じゃ、それはおまえがやってくれ」

「はい」

三浦が元気よく答えると、

「なあ、三浦――」

工藤冴子は腕を組んで、三浦を見据えた。

「はい?」

「捜査は時間との勝負だ。おまえはおまえでやりたいようにやればいい。その代わり、おまえもこっちのやり方に口を出すな。いいな?」

工藤冴子は、それだけ言うと、くるりと背を向けた。

「工藤さん、それ、どういう意味ですか?」

三浦が工藤冴子の肩ごしに言うと、

「このマンションには管理人もいなければ、防犯カメラもついちゃいない。入る前に確認

しなかったのか？　それからな、安易に楽な方法を取ろうとするな」

工藤冴子は、淡々とそう言いながら玄関で自分の靴を履いた。

三浦は恥ずかしさのあまり、工藤の顔を見ることができず、玄関の前で下を向いたまま立ちすくんだ。

本宮課長の言うとおり、この工藤冴子は刑事としての腕はピカイチなのだ。とてもかなわない――。

「おい、何度も同じことを言わせるな」

「？――」

三浦が顔を上げると、

「捜査は時間との勝負だ」

工藤冴子は、首をくいっと開けたドアに向けた。いっしょに来いということだ。

「はい！」

三浦は、急いで自分の靴を履いて、工藤冴子のあとについていった。

第二章　殺意の接点

午後五時――竹内彰殺害事件は『パークサイド神泉マンション殺人事件』という名称がつけられ、渋谷署の四階会議室に捜査本部が正式に設置された。

その捜査本部の会議室には、初動捜査に当たった二係を中心とした総勢二十名近くの警察官が集められた。

彼らの視線の先には、渋谷署の定年退官間近の佐々木《ささき》昭一《しょういち》署長を真ん中に、右手に本宮捜査一課課長、左手に本庁からやってきた塚田耕太郎《つかだこうたろう》という管理官の三人が横一列に並んでいる。

捜査本部長は所轄署の佐々木署長だが、これはお飾りに過ぎない。実際に捜査を指揮する捜査主任は塚田管理官で、本宮課長は彼を補佐する副主任という役割である。

五時を少し過ぎたころ、会議室の前方のドアが開き、ひょろりと背の高い、五十歳過ぎの三田村《みたむら》鑑識課課長が慌てて入ってきた。

「監察医からの司法解剖の所見が、今さっき届いたもので——」

遅れてきた三田村鑑識課課長は、上層部の三人に向かって軽く頭を下げて小声で言うと、本宮課長の隣に座った。

「では、これより捜査会議を行う。まずは、鑑識課からの報告を——」

塚田管理官が口火を切った。三十半ばといったところだ。ぽっちゃり顔に銀縁の眼鏡《めがね》をかけたその奥にある目は一重まぶたで鋭く、黒々とした髪はきっちり七三に分けている。背の低い小太りな体を、遠目からでもわかる高級そうなグレーの三つ揃えスーツで包み、一見してキャリア組であることがわかる。

「では、これまでわかっていることを報告する」

本宮課長の隣にさっき座ったばかりの鑑識課の三田村課長が立ち上がり、資料を読みはじめた。

「まず、司法解剖の結果から——マルガイ（被害者）・竹内彰、三十六歳の死亡推定時刻は、当初は今日の午前一時から午前三時ごろとされたが、さらに絞り込むことができた。午前一時前後だ。死因は心臓を鋭利な刃物のようなもので刺されたことによる失血死。よって局部を切り取られたのは、息を引き取ってからだと思われる。なお、凶器は現場となった室内からは発見されていない。また犯人《ホシ》に直接つながるような遺留品も今のところ見つかっていないが――」

三田村課長は、そこでいったん間を取ると、

「竹内彰の指紋を前科者リストに照会したところ、前科二犯であることがわかった」

と言って室内を見回した。

さっきまで張りつめた空気に包まれていた室内が一気にざわつきはじめた。

被害者《マルガイ》が前科持ちだった場合、犯人《ホシ》は被害者《マルガイ》が過去に犯した事件関係者が絡んでいることが多いのである。

しかし、会議室の後方の窓際にいる工藤冴子は、さっきからテーブルの上に両肘をついて、目の前の高さに持ってきている知恵の輪を、退屈そうな顔をしていじくっているだけで何の反応も示さない。

（まったく摑みどころのない人だ……）

三浦は目の端で工藤冴子を捉えながら、呆れて鼻の穴からふっと息を吐いた。

しかし、三田村鑑識課課長が、

「竹内彰は、今から十六年前、仲間が起こした強姦殺人事件の共犯者として、懲役十年の実刑を言い渡されたが、六年で仮出所している」

と言ったとたん、知恵の輪をいじっていた工藤冴子の手がピタッと止まった。

「どうかしたんですか?」

その動作に気づいた三浦と工藤冴子の目が合った。

「――なんでもない……」

工藤冴子は少し間を置いて小声で返すと、再び知恵の輪をいじりはじめた。

しかし、その顔はさっきの退屈そうな顔とはまったく違う、なにか思い詰めたような表情をしている。

「――もう一件は、今から三年前に傷害事件を起こしている。当時、池袋のキャバクラで働いていた竹内彰は、店のホステスの小泉彩《こいずみあや》に暴力を振るって訴えられ、一年七か月の実刑を食らっていて、こっちは減刑はされていない。それから、室内からはマルガイ以外の指紋及び毛髪は四種類採取しているが、どれも前科者リストにひっかかるものはなかった。今のところ鑑識課からの報告は以上だ」

三田村鑑識課課長が言い終わって座ると、塚田管理官が顔を突き出して、佐々木署長の隣にいる本宮課長のほうを見て発言を促《うなが》した。

本宮課長は軽く頷き、口を開いた。

「では次に、初動捜査に当たった強行犯二係から、これまでわかっていることを報告してもらう。北村係長――」

最前列の窓側に座っていた北村係長が立ち上がった。

そして、胸の内ポケットからメモ帳を取り出して、佐々木署長や塚田管理官、本宮課長らの隣に置かれているホワイトボードに近づいていった。

ホワイトボードには、事件の概要が箇条書きに書かれ、現場の状況を撮影した写真が貼られている。

「第一発見者は、石田和臣、二十一歳。石田は、竹内彰が道玄坂の雑居ビルの七階で経営しているボーイズバー『ルーキーズ』の従業員です。石田が竹内彰のマンションを訪れたのは、前の夜に店を辞めたいと申し出たところ、竹内のほうから、明日の午前十時に部屋にきて詳しい理由を説明しろと言われたからだということです。そして、翌日――つまり、今朝の午前十時少し前にマンションに到着しチャイムをいくら鳴らしても竹内は出てこなかった。そこでドアノブに手をかけたら鍵がかかっておらず、竹内を呼んでみても返事がなかった。不審に思って部屋に上がっていき、寝室に入ってみると竹内彰が殺害されているのを発見し、一一〇番通報したということです」

北村係長は他の捜査に当たっていて現場には来ていない。報告した内容はもちろん、現場にいた坂野や田端、工藤冴子、三浦からの説明を受けてのものだ。

三浦が隣にいる工藤冴子の様子を盗み見ると、彼女は変わらず退屈そうな顔をして知恵の輪をいじっている。

「その石田と竹内は、単なる従業員と経営者というだけの関係なのか？」

塚田管理官の唐突な質問に、北村係長は怪訝《けげん》な顔を見せた。

「と言いますと？」

「マルガイは局部を切り取られている。それを聞いたら、だれでもすぐ思い浮かべるのは、昭和初期に起きた伝説の猟奇殺人、阿部定事件だろう。その阿部定に局部を切り取られた男の苗字が、第一発見者と同じ石田だ。もっとも名前は吉蔵《きちぞう》だが——」

塚田管理官は、本気とも冗談ともつかない顔をしている。

つまり、竹内彰と石田和臣は、口に出すのも憚《はばか》られる関係にあったのではないかと言いたいようだ。

「あ、いやぁ、苗字が同じなのは単なる偶然でしょう。そもそも石田和臣にはアリバイがあります。竹内彰の当初の死亡推定時刻の午前一時から午前三時ごろは、石田は店で接客していましたから」

想定外のことを訊かれたからだろう、北村係長はやや慌てた口調で答えた。

「しかし、道玄坂から神泉までなら車で十分から十五分くらいのものだろう。深夜ならもっと早く着くはずだ。店を抜けて犯行に及んだとも考えられなくもない。第一発見者の石田が、午前一時から三時の間、店から一歩も出ていないという裏は取れているのか？」

塚田管理官の鋭い問いに北村係長は緊張した面持ちで、

「いえ、その裏はまだ取っておりません。会議が終わり次第、すぐに裏取りします」

と、力を込めて言った。

工藤冴子の話によると、北村係長は上の顔色ばかり見ているヒラメだそうだから、キャリアの塚田管理官に悪い印象をもたれることはなんとしても避けたいところだろう。

「こんなことは今更言うことではないが、捜査、特に初動においてはあらゆる可能性を排除してはならない。いいな！」

塚田管理官が室内を見回すようにして語気を強めて言うと、警察官たちは瞬間的に背筋を伸ばして「はいッ！」と声を張り上げた。

キャリア組の管理官がこうして捜査の指揮を執《と》るのは、珍しいことである。たいていの場合は、捜査の現場経験を積んだノンキャリアの管理官が所轄署に乗り込んでくるものなのだ。

塚田管理官はキャリア組の中でも、頭脳明晰《めいせき》というだけでなく捜査の現場を仕切ることもできる数少ない人物なのかもしれない。

三浦は塚田管理官によって作り出されたぴりぴりとした雰囲気にすっかり飲まれていた

が、隣にいる工藤冴子を横目で見ると、どこ吹く風という顔をして平然と知恵の輪をいじっている。

(相変わらず、たいした度胸だ……)

三浦は、心の中でそう思っていると、

「で、現場周辺の聞き込みの結果はどうなってる?」

塚田管理官が、北村係長に報告を促した。

「はい。当初の死亡推定時刻とされた今日の午前一時から三時ごろ、竹内彰の部屋の上下左右の住人に物音を聞かなかったか尋ねたんですが、みな気づかなかったということでした。また、このマンションには管理人が夕方の五時までしかおらず、防犯カメラも設置されていません。以上です」

北村係長は、成果がなかったからだろう、緊張したままの顔で答えた。

「今のところ目撃者はなしか……では、大枠の捜査方針として、竹内彰の交友関係の洗い出し、特に前科《マエ》の関係者との接点、そして犯行時間に不審な人物を見なかったか現場付近の聞き込みを重点的に行う。本件はマルガイが局部を切り取られるというマスコミが騒ぎたがる猟奇的な事件だ。解決が長引けば、警察への風当たりが強くなるのは必至だ。全員、全力で捜査に当たってくれ!」

塚田管理官が再び語気を強めて言うと、集められた警察官たちは、「はい！」とさらに力強く答えた。

「では、班分けを発表する――」

本宮課長が声を上げた。捜査の班分けは、基本的に四つの班に分けられる。

被害者の人間関係を調べる『鑑《かん》取り』、現場周辺の聞き込みをする『地取り』、証拠品を調べる『ナシ割り』、電話の応対や金の出し入れ、伝票整理などをする『庶務』の四班である。

本宮課長はよく通る声で、それぞれの班名とそこに属する警察官たちの名前を読み上げていった。


三浦と工藤冴子は会議が終わったその足で練馬《ねりま》警察署に向かった。

ふたりは、班分けで最も人数が多く投入された『地取り班』である。現場周辺の聞き込みを行う役割なのだが、まったく別の捜査をしようとしているのだ。

『鑑取りの人間が知ったら揉《も》めますよ』

練馬署に向かう捜査車両の中で、三浦は何度も工藤冴子にそう言ったのだが、

『そのときは自分が責任を持つ』

と言って、工藤冴子は聞く耳を持たなかった。

鑑取りは正式には「敷き鑑捜査」と言う。被害者の人間関係について調べることから、プライバシーに踏み込むことが多く、トラブルが起きないようにベテランの捜査員がつくことになっている。

その鑑取りには、渋谷署の二係で一番の年長者である谷と塚田管理官と共に本庁からやってきた森崎守《もりさきまもる》という三十代半ばの巡査部長が充てられた。

本庁から派遣されてきた捜査員は、その森崎ただひとりである。世間から注目されている今回の事件に加わるように塚田管理官に言われたということは、森崎は本庁の捜査一課の中でもエース級の捜査員で、塚田管理官からの信頼も厚いということだろう。

三浦と工藤冴子が、本来鑑取りがする捜査をこっそりしていることを知れば、同僚とはいえ谷だって怒り出すことは目に見えている。ましてや本庁の森崎は、どう出てくるかわかったものではない。

いや、間違いなく即座に直属の上司である塚田管理官に憤慨して訴え出るだろう。

そうなれば、命令を無視して本部の規律を乱したとして、ふたりとも捜査から外されることになるかもしれないのだ。

そもそも三浦は、本宮課長から、工藤冴子が暴走しそうになったらすぐに連絡しろと言われている。

工藤冴子が、練馬署に行くと言いだしたとき、よほど本宮課長に報告しようかとも思った。にもかかわらずそうしなかったのは、本宮課長をして刑事としてはピカイチの腕を持っていると言わせる工藤冴子が、今回のような謎めいた事件にどうアプローチしていくのかを自分の目で確かめたいと思ったからである。

午後七時過ぎに練馬署に到着し、二階の刑事課の奥にある、来客用のソファに座って十分ほどすると、

「なにしろ古い事件だから、探すのに手間取った。これがそうだ」

応対してくれた利根川《とねがわ》という五十がらみのがたいの大きい刑事が、妙に愛想笑いを浮かべながらやってきて、古い捜査資料を数冊差し出した。

「ありがとうございます」

三浦が緊張した顔で深々と頭を下げて礼を言った。工藤冴子は無言で軽く頭を下げただけである。

差し出された捜査資料のどの表紙にも『練馬三丁目幼稚園教師強姦殺人事件』と書かれて、ナンバーがつけられている。

殺害された竹内彰が十六年前、仲間とふたりで起こした事件で逮捕されたときに取られ

た『取調べ調書』、『実況見分調書』、『検視調書』である。

さっきまで行われていた捜査本部での捜査会議で、会議そっちのけで知恵の輪をいじっていた工藤冴子が唯一反応したのが、竹内彰は前科二犯で、ひとつは十六年前に起こした強姦殺人事件だということを聞いたときだった。

工藤冴子は竹内彰の局部が切り取られていたことから、犯人は彼が犯した強姦殺人事件の被害者の近親者である可能性が高いと考えたのだろう。

ふたりがまず手に取ったのは、工藤冴子が竹内彰、三浦が竹内の仲間だった小嶋由紀夫《こじまゆきお》の供述調書だった。

その二つを読み進めていくと、十六年前、彼らが犯した強姦殺人事件の内容が生々しく浮かびあがってきた――。

当時、二十歳だった竹内彰はフリーターで定職には就いておらず、足立《あだち》区で小さな板金工場を営む親の家で暮らしていた。

そんな十一月のある日、インターネットの掲示板で、『美人だけど生意気な女がいます。その女をいっしょにレイプしてやりませんか？　興味のある方、ご一報ください』という書き込みを見て興味を持ち、連絡したのだという。

ネットの掲示板にいっしょにレイプしないかと書き込んだのは小嶋由紀夫。ハンドルネームは『スノーマン』。本名の『ゆきお』をもじってつけたらしい。

奇《く》しくも竹内彰と年齢も同い年で、定職に就かずにいる点も同じだったが、お互いにそれ以上のことは語らなかった。

竹内彰のハンドルネームは『バンブー』。高校生のときに、苗字の一字の『竹』が英語で『バンブー』というところから、竹内のあだ名になり、そのままハンドルネームにも使っていた。

小嶋由紀夫の書き込みを見た竹内彰は、当初は悪い冗談だと思って、からかってやるつもりでメールしたのだが、やりとりをしているうちに小嶋由紀夫がどうやら本気だということがわかってきた。

そして『スノーマン』は、万が一自分が捕まっても、『バンブー』とはそのとき一度しか顔を合わせていないのだし、名前も住所も何も知らないのだから、『バンブー』も捕まるということは絶対にないと何度もメールしてきて安心させた。

しかし、竹内彰が、小嶋由紀夫が持ち掛けてきたレイプ計画を実行に移すことを決めたのは、ターゲットにしている丸山恵理子《まるやまえりこ》をじかに見たからだった。小嶋由紀夫に勤め先の住所を教えてもらい、本人を見に行ったのである。

当時、二十六歳の丸山恵理子の容姿が、竹内彰の理想のタイプそのものだったのだ。そんな彼女の肉体を弄《もてあそ》ぶことができると想像すると、竹内彰は性的興奮が日に日に高まって、はじめはあった罪悪感がどこかへ消し飛んでしまったという。

一方、小嶋由紀夫と被害者となってしまった丸山恵理子との接点もまた、非常に希薄なものだった。

西武池袋《せいぶいけぶくろ》線の中村橋《なかむらばし》のアパートでアルバイトをしながら独り暮らしをしていた小嶋由紀夫が、たまたま同じ電車に乗っていた丸山恵理子に一目惚《ぼ》れしたのである。

そして、そのまま丸山恵理子のあとをつけて、住まいや彼女が豊島園《としまえん》近くの幼稚園で教師をしていることまで突き止めた。

そんなストーカー行為をしているうちに、想いを抑えきれなくなった小嶋由紀夫はある日、ついに自分の気持ちを打ち明けた。

しかし、以前からつきまとわれていたことに気づいていた丸山恵理子は、これ以上つきまとうのであれば警察に訴え出ると宣告したのだった。

それが運のつきだった。小嶋由紀夫の丸山恵理子に対する愛情は、一気に憎しみに変わり、その感情はほんのわずかの間に殺意にまで変質していったのである。

小嶋由紀夫はレイプ決行の日を、十二月二十四日に決めた。街がクリスマスイブで賑《にぎ》わい、恋人や家族が聖なる日を祝い楽しむその日に、丸山恵理子を地獄へ落としてやろうという憎悪に満ちた意図からだった。

そして、クリスマスイブの午後四時、小嶋由紀夫はレンタルした大型のバンを運転して、竹内彰と待ち合わせていた西武池袋線の練馬駅で落ち合った。

竹内彰と小嶋由紀夫は、その日にはじめて顔を合わせたのだが、不思議なことにはじめて会ったという気がお互いにしなかったという。

パソコンで何度もメールのやりとりをしていたからとか、単に同い年であることやフリーターという似た境遇だったということだけではない、なにかお互いが自分と同じ匂いのようなものを感じとったのだろう。

そして、豊島園のそばにある丸山恵理子が働く幼稚園まで行き、帰宅時間の午後五時半まで近くの道路にバンを停めて待った。

待っている間、小嶋由紀夫と竹内彰は、丸山恵理子が幼稚園を出てきたら、まず車から降りた竹内彰が声をかけて道を訊く。その間に小嶋由紀夫が背後に回って口をふさいで、ナイフで脅しながら車の中に連れ込む——そうした段取りを確認した以外、ほとんど会話らしい会話はしなかったという。

午後五時四十分過ぎ、淡いピンクのコートを着た丸山恵理子が二十メートルほど離れたところにある幼稚園から出てきた。

あたりはすでに暗くなっていた。人通りもない。小嶋由紀夫は、人目につきにくいその道を丸山恵理子が通ることも下調べしてあったのだ。

『来たぞ――』

運転席のスノーマンが言った。

助手席にいるバンブーの胸は高鳴った。

『あの、すみません。ちょっと道をお訊きしたいんですけど――』

車から降りたバンブーが、向かって歩いてきた丸山恵理子に声をかけた。

『あ、はい……』

丸山恵理子は、脅えた顔をしてあとずさった。

『豊島園に行くには――』

と言ったとき、反対側から音もなく近づいて背後に回っていたスノーマンが、一瞬にして丸山恵理子の口を左手でふさぎ、顔に折りたたみ式のナイフをあてていた。

『騒ぐな。大きな声を出したら、これで刺し殺す』

スノーマンは、低い声で鋭くそう言うと、丸山恵理子は恐怖で顔色を失くし、目と口を大きく開けて固まったように動かなくなった。

『バンブー、ドアを開けろ』

スノーマンが後部ドアをあごで示しながら、興奮した口調で鋭く低い声で叫んだ。

バンブーが言われたとおりドアを開けると、スノーマンは丸山恵理子にナイフを突きつけたまま、シートを倒してベッドのように平らになっている後部座席に座らせて、自分も横に座った。

ここからの運転は、バンブーの役目になっている。周囲を見回しながら車に戻って運転席に座ったバンブーは、車を発進させた。

『バンブー、ここらでいい。車を停めろ』

スノーマンの指示通りに車を走らせて、十分もしないうちに車を停めた。

『エンジンはかけたまま、ヘッドライトだけ消して、おまえもこっちにこいよ』

車のヘッドライトを消した。あたりは暗闇に包まれて、世界から音が消えたように静寂だった。

バンブーは言われたとおり、助手席のシートを前方にずらして後部座席に移動すると、スノーマンは丸山恵理子の顔にナイフを突きつけたまま、室内ランプを点けた。

『おれのこと、覚えてるか？』

スノーマンが訊くと、丸山恵理子は、

『お、お願い……助けてください……』

と、ガタガタと音が聞こえるほどに体を大きく震わせながら言った。その愛らしい顔の大きな目に涙をいっぱいにためている。

しかし、そんな丸山恵理子を見ていたバンブーには、不思議にかわいそうだという感覚は湧いてこなかった。

それどころか、今にも壊れてしまいそうなほど華奢《きゃしゃ》な体つきの丸山恵理子を、自分の手でめちゃくちゃに破壊してしまいたい衝動に駆られていた。

『バンブー、おまえからやっていいぞ』

言われた言葉の意味がわからず、視線を移すと、スノーマンはナイフを丸山恵理子の頬にピタピタと音を立てて当てながら、

『この女が犯されている顔をじっくりみたいんだよ……』

と、舌舐めずりして言った。

『助けて……だれか……だれか、助けてぇ！……』

丸山恵理子は、一瞬スノーマンが顔からナイフを離した隙をついて、外に出ようとドアの取っ手に飛びついた。

『この女ぁ！』

スノーマンは素早く丸山恵理子の首の後ろの襟を摑んで引きずり戻し、思い切り平手を

浴びせた。

『刺し殺されたいのか、このバカ女……』

スノーマンは冷酷な目つきで、フラットになっている後部座席の上に倒れた丸山恵理子の頬にナイフを当て、刃を立ててすっと引いた。

丸山恵理子の紅潮した頬から、うっすらと真っ赤な血が浮き上がるように流れ出た。丸山恵理子は痛みに耐えているのか、それとも観念したのかぎゅっと目をつぶっている。

そしてスノーマンは、丸山恵理子が着ているコートのボタンをひとつひとつ開けていき、Vネックのグリーン色のセーターが見えると、それをナイフで胸元から一気に切り裂いた。

セーターの下につけていたピンクのブラジャーがあらわになり、こんもりと膨らんでいる乳房を包みこんでいる。

丸山恵理子は、完全に観念したのか目を閉じたまま、微動だにしない。

『バンブー、早いとこやれよ……』

その言葉が合図になった——高ぶり続けていた性的興奮が、もはや爆発寸前のところまできていたバンブーは、呼吸を荒くして丸山恵理子のブラジャーを剝《は》ぎとると、両手で鷲掴みにした。

やわらかいのに弾力のある乳房の感触は、得も言われぬものだった。バンブーはもどかしそうに丸山恵理子のスカートをたくしあげると、パンティーストッキングごと下着を脱がせ、自分の下半身を露出させた。

そして、ぐったりと力を失っている丸山恵理子の両足を両手で開き、黒々とした陰毛の中に隠されている秘部に一物を無理やり挿入させた。

『うっ……』

丸山恵理子は一瞬、目をつぶったままの顔を歪めて小さなうめき声を上げたが、抵抗はしなかった。

どのくらい腰を振り続けていたのかわからない。バンブーは果てると同時に我に返り、ぐらりと丸山恵理子の隣に仰向けになって倒れ込んだ。

『人形みてぇで、おもしろくもなんともなかったぜ……』

スノーマンはそう言いながら、下半身を露出させ、

『おい、目を開けろ、おれの顔を見るんだ。じゃねえと、この顔に消えねえ傷をたくさんつけるぞ！』

と、またナイフの刃を丸山恵理子の頬のあたりに当てた。

『許して……お願い……』

丸山恵理子は、うっすらと目を開けて蚊の鳴くような声で懇願《こんがん》した。

『へへへ……そうよ、そうやって、おれの顔を見てるんだ。こうなったのも、おまえがおれのことを警察に訴えるなんて抜かしたからだ……』

スノーマンは、そう言うや、ぐっと一物を丸山恵理子の秘部に挿入した。

『いや～ッ！……』

バンブーのときは、まるで仮死状態のようになっていた丸山恵理子は一転して、すさまじい形相をして金切り声で叫び、手足をばたつかせて抵抗をはじめた。

『静かにしろ！』

負けじとスノーマンも叫んだが、丸山恵理子は抵抗をやめず、悲鳴を上げつづけた。

それがどれくらいつづいただろうか。数分かもしれないし、数十秒かもしれない。

『うるせぇったら、うるせぇんだよ！』

スノーマンがそう叫ぶと、丸山恵理子の悲鳴ともがく音がピタリと止んだ――と同時に、バンブーは顔に生温かいものが降りかかってきたのを感じた。

バンブーが手で拭って見ると、それはまぎれもなく血だった。

スノーマンに視線を移してみた。

と、丸山恵理子に馬乗りになっているスノーマンの顔にも服にも血が飛び散っていて、振り上げられた右手に持っているナイフからは、たらりと粘り気のある血が滴《したた》り落ちようとしていた。

スノーマンは、ナイフを振り上げていたのではなく、丸山恵理子の体に刺したナイフを抜き上げたのだ。顔と服に飛び散ったのは、ナイフを抜いたときの返り血だろう。

バンブーは、恐る恐る横にいる丸山恵理子を見てみた。

すると、左乳房を刺されて血まみれになっている丸山恵理子は、ナイフで刺されたときのショック状態のまま、目と口をぽっかりと開けて動かなくなっていた。

『なんでこんなことを……』

バンブーが上半身を起こしてスノーマンに言うと、

『騒ぐからだよ。あれ以上、騒がれたら、だれかが来ちまうと思ったんだよ……』

スノーマンは血走った目をして答えた。

『どうすんだよ、これ……』

バンブーが、蠟《ろう》人形のように見える丸山恵理子を目で指して言った。

『捨てるっきゃねえだろ』

『捨てるって、どこにだよ』

バンブーの声は、泣き声のようになっている。

『別に、ここらでいいだろ』

スノーマンは、投げやりだった。

『見つかったらどうすんだよ』

『うるせぇなあ。どっかに隠そうとしたって、いつかは見つかるよ。それともあれか？ 山奥まで車走らせて、穴掘って埋めるってか？ そんな面倒くせぇこと、したくねえだろ？』

『だから、なんでこんなことしたんだ。何も殺すことはなかったろ』

バンブーが言うと、

『なんだと？』

スノーマンは、血のついたナイフをバンブーに近づけてきた。

『おまえはバカか。この女を生かして帰したら、おれたちにされたことを親に話すかもしれねえだろうが。そうしたら、警察沙汰になって、おれたちパクられかねねえんだぞ』

『おまえ、最初から殺す気だったのか？』

危険を感じたバンブーは、後ずさりながら訊いた。

『おい、バンブー、ズボン、ちゃんと穿けや。オチンチン丸出しじゃねえか――』

スノーマンは、にやにやと不気味な笑みを浮かべてそう言いながら、自分も膝まで脱い

でいたズボンをもとに戻して、

『最初から殺す気なんか、おれもなかったよ。だけど、成り行きでこうなっちまったんだ。しょうがねえだろ』

と言った。

バンブーとスノーマンは大胆だった。辺りに人影がないのを確認すると、半裸状態の丸山恵理子をふたりして車の中から運び出して、道路わきの草むらに、「せーの」の掛け声で投げ捨てたのである。

その後、小嶋由紀夫が運転して、来るときに待ち合わせをした練馬駅で竹内彰を降ろし、自宅アパートに戻って車内に残された血痕を洗い流して、レンタカー会社に何食わぬ顔をして車を返却した。

丸山恵理子の遺体は、翌日の早朝、犬を連れて散歩に出た近くの野菜農家の住人によって発見された。

そして、練馬署の捜査によって、わずか三日で小嶋由紀夫と竹内彰が容疑者として浮かび上がった。

決め手は遺留品だった。何よりも決定的だったのは、殺された丸山恵理子の膣の中にあった精子のＤＮＡが、二年前に傷害事件で逮捕歴のある小嶋由紀夫のものであることが判明したことだった。

共犯の竹内彰にたどりついたのは、精子からではなく、遺体のそばに落ちていたレンタルビデオ店の会員証からである。

捜査員は、任意で竹内彰を署に同行させ、丸山恵理子の膣内にあったもう一種類の精子のＤＮＡと竹内彰のＤＮＡを検証した結果、見事に一致したのだった——。

（それにしてもなんて惨い、身勝手な犯罪をしやがるんだ……）

実況見分調書には、発見された当時の半裸の丸山恵理子を鑑識係が写した惨たらしい写真が何枚も添付されている。

それらを見た三浦は、吐き気を催す嫌悪感と全身が震えるほどの怒りが沸々と湧いてくるのを抑えられなかった。

「どうした？」

不意に、工藤冴子が訊いてきた。隣にいる三浦の内心の異変を感じ取ったのだろう。

「あ、いえ、別に——」

三浦は手にしていた実況見分調書をテーブルの上に置いた。

「必要なメモは取ったか？」

工藤冴子が念押ししてきた。

「はい」

三浦が答えると、工藤冴子は軽く頷いて、

「では、これはお返しします。ありがとうございました」

と言って、向かいのソファに座っている利根川刑事に、捜査資料を差し出しながら慇懃《いんぎん》に礼を言って立ち上がった。

「おい、ちょっと待てよ」

工藤冴子が背を向け、三浦があとに続こうとしたとき、利根川刑事が呼び止めた。

「何か？」

工藤冴子が振り向いて訊いた。

「何かじゃないだろう。この十六年前の犯人《ホシ》のひとりの竹内彰、今日ホトケで発見された野郎だろ？　あんたら、竹内彰を殺《や》った犯人《ホシ》は、この十六年前の事件《ヤマ》と関わりのある人間じゃねぇかと踏んで、これを見にきたんだろ？」

利根川刑事は、工藤冴子と三浦を値踏みするような目で見て言った。

「この事件の捜査に当たった捜査員は、今この署には？」

工藤冴子は利根川の問いには答えず、逆に訊き返した。

「十六年も前の事件《ヤマ》だ。捜査に当たった当時の刑事は、ひとりも残っちゃいないよ」

「では、この取調べ調書を作成した黒沢《くろさわ》という刑事は、今どこの署にいるかはわかりますか？」

「ああ、確かもう退官しているんじゃねぇかなあ」

「そうですか。では、自分たちはこれで――」

工藤冴子は、軽く一礼すると、再び背を向けた。

「おい、ちょっと待てって――」

利根川の声は、明らかに苛立っている。

竹内彰殺害事件は、夕方に渋谷署の会議室で行われた記者会見で発表されてから、テレビ各局のニュースで大きく取り上げられている。

そんな注目を浴びている事件の捜査に無関心でいられる刑事などいるはずがない。

まして、殺されたのがかつて自分のところの署が逮捕した男だったとなると尚更《なおさら》だ。

利根川が、何か表に出ていない情報を知りたいと思うのは、人情というものだろう。

「なんでしょう？」

だが、工藤冴子は涼しい顔をして、答える気などさらさらなさそうだ。

「何度、同じこと訊かせるんだよ。だから、今回の事件《ヤマ》と十六年前にウチの管内で起きた、この事件《ヤマ》と――」

利根川がしゃべりだすと、工藤冴子は被せるようにして、

「まだ何もわかっていません。今は、とにかく竹内彰がどんな人間だったのか、そこから洗っているところです。では――」

と、ぴしゃりと言うと、足早にその場を後にした。

そんな工藤冴子の後ろ姿を、利根川刑事は敵意に満ちた目で睨みつけている。

「ありがとうございました。失礼します」

三浦は、あたふたしながら工藤冴子のあとを追った。

「工藤さん、マズイですよ」

廊下に出て、追いついたところで三浦が言った。

「何がだ？」

まっすぐに廊下を歩いている工藤冴子は、三浦を見ようともしない。

「何がって――あんな態度取ったら、あとで鑑取りの人間が来たとき、あの利根川って人、協力してくれませんよ」

すると、工藤冴子は足を止めて、三浦を見据えて言った。

「おまえ、さっきから鑑取りの人間のことばかり気にしているな」

「そりゃそうでしょ。工藤さんがやってることは、そもそも彼らがする仕事なんですか

ら」

「じゃあ、なぜ、その鑑取りの人間たちはまだ来ていないんだ？」

「それは——先に当たるところがあるからでしょ」

三浦は憮然《ぶぜん》として答えた。

「だろうな。谷さんと本庁の森崎は、竹内が三年前に起こした傷害事件の関係者を洗っているだろうからな」

十六年前の強姦殺人事件と三年前の傷害事件——ふたつの事件を起こした竹内彰が殺された原因がどちらかの事件と関係しているとしたら、新しいほうの事件にまず当たるというのが常道である。

「だからって、その隙を狙って捜査するというのは——」

三浦が反論しようとすると、工藤冴子はそれを遮るように被せて、

「前にも言ったはずだ。自分のやり方に口を出すな。それがいやなら、さっさと他の人間と組め」

と言い放った。

「じゃ、ひとつだけ答えてください」

「なんだ」

工藤冴子は、面倒臭そうに言った。

「工藤さんは、竹内彰の十六年も前の事件と、今回の事件が関係あると思っているんですか？」

「おまえさ、そんなこと、まだわかるわけがないだろ」

工藤冴子は腕を組んで、ほとほと呆れたという顔をしている。

「じゃ、どうして現場周辺の聞き込みをしないで、真っ先にここに来たんですか？　関係があると思ったからじゃないんですか?!」

三浦が、ケンカ腰の口調になって言うと、工藤冴子はいきなり三浦の胸ぐらを摑んで、

「根拠があってきたわけじゃない。単なる勘だよ、勘。それで満足か？」

と、それ以上訊いたら殴るぞとばかりに目を剝いて言い、摑んでいた胸ぐらから手を離すと足早に階段を下りていった。

（まるでチンピラじゃないか……）

工藤冴子の後を追って練馬署を出ると、外はまだ梅雨でもないのに湿った生温かい風が吹いていた。

「これからどうするつもりですか？」

「丸山恵理子の遺族のもとに行ってみる」

「わかりました」

「?――妙に素直だな」

「あなたと諍《いさか》いをしている場合じゃないと思っただけですよ」

本心だった。工藤冴子の一連の行動を非難するのなら、練馬署に行くと工藤冴子がいったときに本宮課長に報告しておけばよかったのだ。

そうもせず、後輩の自分が噛みついたところで、工藤冴子が行動を改めることなどあるはずがないし、それこそ時間の無駄というものだ。

「やっとわかってきたようだな。そうだ。刑事《デカ》は、なにをおいても犯人《ホシ》を挙げることを最優先に考えていればいいんだ」

工藤冴子は三浦の胸の内を知ってか知らずかそう言うと、捜査車両のドアを開けて乗り込んだ。


丸山恵理子の実家は、西武池袋線の桜台《さくらだい》の住宅街の一角にあった。練馬署から捜査車両で向かうと十分ほどでたどり着くことができた。

クリーム色のモルタル造りで、似たような外観の両隣の家と数十センチと離れていない、二階建ての古い建売住宅である。

三浦がチャイムを押すと、少しして玄関の内側の灯りがついた。

「どちらさまかな?」

おそらく丸山恵理子の父親だろう、しゃがれた年老いた男の声が聞こえた。

「夜分、恐れ入ります。警察の者です」

三浦が言うと、すぐにドアの向こうにいる父親らしき男の戸惑《とまど》っている様子が伝わってきた。

「どんな御用ですか?」

数秒の間があって玄関のドアが開き、痩せこけた七十歳くらいの老人が顔を見せた。

「失礼ですが、丸山恵理子さんの、お父様ですか?」

工藤冴子が、警察手帳をかざして見せながら言った。

「え、ええ。そうですが――」

老人は、明らかに動揺している。

「竹内彰が殺されたことは、ご存じですか?」

工藤冴子が単刀直入に訊くと、

「はい。さっきもテレビでやっていましたから……」

丸山恵理子の父親は、目を何度もしばたたきながら答えた。

「そのことで、お訊きしたいことがあってやってきました」

「あの男のことで？……」

丸山恵理子の父親は、独りごとのように言った。

「いいですか？」

工藤冴子は、暗に家の中に入れてほしいと言っている。

警察官の自分たちにとってもそうだが、丸山恵理子の父親にとっても隣人たちに聞かれたくない話だろう。

「どうぞ……」

丸山恵理子の父親は、ようやく工藤冴子と三浦を家の中に招き入れてくれた。

靴を脱いで家に上がり、父親の後につづいて軋む廊下を進んでリビングに入ると、耳が多少遠くなっているのか、音量を大きくしたテレビがついているだけの、殺風景《さっぷうけい》な室内だった。

「年寄りのやもめ暮らしなもので、散らかっていますが、ま、どうぞ座ってください。今、お茶をいれますから」

丸山恵理子の父親は、ところどころ革の剝《は》げた古びたソファを指してそう言い、台所のほうへ向かった。

「どうぞ、お構いなく――」

工藤冴子はそう言いながら、部屋の中をさりげなく見回した。台所とは反対側のリビングの横の畳の部屋に仏壇があるのが目に入った。

「あの、お線香を上げさせてもらっていいですか？」

工藤冴子がそう声をかけると、台所から父親が顔をのぞかせて、

「どうぞ。ありがとうございます」

と言って顔を引っ込めた。

仏壇には、生前の丸山恵理子が笑顔で写っている写真の隣に、彼女の母親と思われる六十代の和服の女の写真が並べて飾られている。

丸山恵理子は父親似で、特に目元がよく似ている。一重瞼の古風的な美人だ。

線香の燃えカスがいくつもある。おそらく竹内彰が殺害されたというニュースを見た父親が、娘と妻に何度も手を合わせて報告したのだろう。

三浦と工藤冴子は順に線香に火をつけ、鈴を鳴らして並んで手を合わせた。

「お茶が入りました。さ、どうぞこちらへ」

拝み終えた三浦と工藤冴子は、丸山恵理子の面影が残る父親に促されてリビングに戻り、ソファに腰をかけた。

「失礼ですが、奥様はご病気か何かで？」

工藤冴子が差し出されたお茶に手をつけずに訊くと、

「はい。娘の事件があってからしばらくして、乳癌《にゅうがん》がみつかりましてな。それで——」

丸山恵理子の父親は、静かにそう言うと、お茶を啜《すす》った。

「すみません。立ち入ったことをお訊きしました」

工藤冴子は、神妙な顔つきで、軽く頭を下げた。

「ところで、わたしに訊きたいことというのは、どんなことですかな？」

テレビをリモコンで消して、父親が訊いた。

「はい。恵理子さんが、生前、親しくお付き合いしていた人の名前と住所を教えていただきたいと思って伺《うかが》いました」

「いきなり、どういうことですか？」

丸山恵理子の父親は茶碗を口に持っていく手を止めて、工藤冴子を訝しい顔で見つめながら訊き返した。

「言葉どおりです」

工藤冴子は、父親の視線を受け止めて言った。

父親は、手に持っていた茶碗に視線を落とすと「ふぅっ」と大きく息を吐いて、工藤冴子に視線を戻した。

「つまり……あの男を――竹内彰を殺した犯人が、もしかすると、恵理子が親しくしていた人の中にいるかもしれないと考えているということですか？」

気のせいだろうか。丸山恵理子の父親の工藤冴子を見る目は、憐《あわ》れんでいるように三浦には思えた。

「我々は、あらゆる可能性を排除することなく捜査しています。ちなみに丸山さん、今日の午前一時ごろ、どうなさっていましたか？」

工藤冴子の言葉に、丸山恵理子の父親は一瞬驚いて目を大きく見開いたが、すぐに悲しい笑みを浮かべて、

「ふふ。そんな時間に年寄りが布団の中で眠っていること以外に、いったいどこで何をするというのですか。ま、しかし、独り暮らしですからな。アリバイなんてないようなものです。ですが刑事さん、もしわたしが殺すとしたなら、竹内彰ではなく主犯の小嶋由紀夫が先でしょ。そうは思いませんか？」

と、力なく言った。

それはそうだ。あの供述書を読む限り、丸山恵理子の復讐をするなら、竹内彰よりもレイプを計画し、丸山恵理子を直接死に至らしめた小嶋由紀夫を真っ先に殺すだろう。

いや、そんなことより、そもそもこんな年老いた父親に粗暴な竹内彰を殺すなんてことは無理だ。やはり、今回の竹内彰殺害は、十六年前の丸山恵理子強姦殺人事件とは無関係なのではないだろうか……。

しかし、工藤冴子は、

「確かに、仮に丸山恵理子さんの父親であるあなたが、午前一時という時間に竹内彰の部屋を訪ねたら警戒するでしょうし、ご高齢のあなたに竹内が殺されるという可能性は低い。でも、可能性はゼロではありません」

と、淡々と言った。

「刑事さん、あなたにはわからんでしょうな。もし、わたしがあの男たちを殺してやりたいと心からそう思っても、体も気持ちもついていかんのです。大切に大切に育ててきた、たったひとりの娘を殺されたというのにです。そんな老いた男親の気持ちなど、あなたにはわからんでしょうなぁ」

丸山恵理子の父親は、そう言って嘆息した。

「ええ。あなたの気持ちは、自分にはわからないかもしれません。しかし、大切な人を殺された者の気持ちは痛いほどわかります」

丸山恵理子の父親をまっすぐに見つめて言った工藤冴子の言葉に、丸山恵理子の父親は虚を突かれた顔になった。

「?――刑事さん、するとあなたも……」

訊くべきかどうしようか迷ったような口ぶりで言った父親が、そこで言葉を止めると、

「十三年前、結婚を約束していた人を目の前で殺されました――その男は逮捕されて、今も刑務所に服役しています。でも、もしその男が刑務所から出てきたと知ったら、この手で復讐してやりたいと思います」

工藤冴子は静かに言った。

(この人は、本気で言っているのか?!……)

三浦は、隣に座っている工藤冴子の顔を盗み見た。だが、硬くしているその表情からは、彼女の胸の奥底にあるものまで読み取ることはできなかった。

「そうでしたか……あなたも、そのような経験をお持ちだったとは……」

「しかし、自分は警察官です。復讐を認めるわけにはいきません。ですから、教えていただけませんか。丸山恵理子さんの復讐を考えるような、生前、娘さんと親しくしていた人のことを――」

工藤冴子は、丸山恵理子の父親の目をまっすぐに見て言った。

しかし、丸山恵理子の父親は、力なく首を横に振った。

「娘には、そんな人はいませんでした……本当です。だからこそ、わたしは娘がかわいそうなんです。悔しくてたまらんのです。だってそうでしょ。娘は、恵理子は恋人もできないまま、あのふたりに――あいつらに、あんなひどいことをされて殺されたんですよ……どうして、娘がそんな目に遭わなきゃいけないんですか?! ねえ、刑事さん、そうでしょ? どうして、あの子でなきゃいけなかったんですか……」

そう腹の底から絞り出すような声で言うと、絶句して肩を震わせながら嗚咽《おえつ》を漏らしはじめた。

おそらく丸山恵理子の父親は、嘘などついていないだろう。本当に心当たりはないのだと、三浦は思った。

「夜分に失礼しました……」

丸山恵理子の父親の姿を眺めていた工藤冴子は、立ち上がって一礼すると、玄関へ向かっていった。

「工藤さん、さっきの話、本当なんですか?」

丸山恵理子の家の前に停めていた捜査車両に乗り込んだ三浦が、すでに助手席に座っている工藤冴子に訊いた。

「なんの話だ?」

工藤冴子が、三浦をちらっと見て訊き返した。

「十三年前、結婚を約束していた人を殺されたって話です」

「三浦――」

「はい？」

「そんな話、とっくに聞いているんじゃないのか？」

三浦は言葉に詰まりながら、

「ええ、聞いています。でも、どこまで本当なのかなって――」

と、ばつが悪そうな顔をして言った。

「外村真二《しんじ》に殺されたのは、高瀬だけじゃない」

「え？」

三浦は渋谷署の二係の連中から、工藤冴子の婚約者だった捜査一課の高瀬は、自分が逮捕したレイプ犯の外村真二という若者に逆恨みされて殺されたと聞いている。

十六歳で少年鑑別所に送られた外村真二は三年で出所した三か月後、尾行していたのだろう、渋谷駅のハチ公前で工藤冴子と待ち合わせしていた高瀬を隠し持っていたナイフでめった刺しにしたという。

しかし、高瀬以外にだれか殺されたとは聞いていない。工藤冴子は、いったい何を言っているのだろう?

「あのとき、自分の中に三か月の命が宿っていたんだ。しかし、高瀬が刺し殺される姿を目《ま》の当たりにしてショックで倒れ、彼と同じ病院に救急車で運ばれた。そして、高瀬が息を引き取ったという知らせといっしょに、自分の中にいた命も救えなかったと聞かされた」

工藤冴子は、薄暗い車内の宙の一点を見つめて静かな口調で言った。

「――そうだったんですか……」

おそらく二係の連中も知らないだろう、工藤冴子が抱えている重い過去を聞かされた三浦は、返す言葉が見つからなかった。

「あのときは、生きていく気力を失って、死のうとまで思いつめた」

工藤冴子は、薄い皮肉な笑みを浮かべている。

(この人が自殺を……)

三浦は、驚くことばかりで言葉が出ない。

工藤冴子は、シートの背もたれに体を預けるようにして、車内の天井を見上げると目を軽くつむってつづけた。

「実際、睡眠薬を飲んで、手首を切ろうとした。しかし、いざ、手首に剃刀《かみそり》を当てたとき、ふと思ったんだ。大切な命を二つも奪った外村真二は、のうのうと生きている。なのにここで自殺なんかしたら、自分まであいつに殺されたことになる。冗談じゃない。あんなやつに負けちゃいけない——そう思ったんだ」

「それで生活安全課から捜査一課の刑事に——」

三浦が訊くと、工藤冴子は現実に戻ったように目を開けて、

「ま、そんなとこだ」

と言った。

工藤冴子は、殉職した高瀬の遺志を継いで捜査一課の刑事になろうと決意したということなのか……。

三浦は、それ以上は口をつぐんで何も言わず、車のエンジンをかけて発進させた。

ふたりの間に重苦しい沈黙が流れた。

住宅街の道から幹線道路に入ったところで、渋滞に巻き込まれてしまった。

三浦は沈黙を破った。

「さっき、もし外村真二が刑務所から出てきたと知ったら、工藤さんは自分の手で復讐したいと思うと言いましたけど、あれは本心ですか？」

「こっちが本心をさらけ出さなきゃ、相手だって本心を言っちゃくれない」

「それはそうですが……」

三浦は、寂しげな笑みを浮かべた。

さっきから、未央の顔が脳裏を過《よぎ》っていた。未央もまた大切な兄を亡くしているのだ。

そして、その兄を死に追いやった自分と未央は、今いっしょに暮らしている……。

「どうかしたのか?」

工藤冴子は、急に無口になった三浦を不審そうな目で見て言った。

「いえ、べつに――」

完全に渋滞にハマった三浦は、さっきから短い間隔でブレーキとアクセルを交互に踏んでいる。

「べつにって顔じゃないけどな」

それ以上、工藤冴子は突っ込んでこなかった。

こういうところが、工藤冴子の唯一いいところだと三浦は思っている。

「今度は、僕の話を聞いてもらえますか?」

人というのは不思議なもので、突っ込んでこなければ話したくなってしまうものだ。

さっきまでは、そんなつもりはまるでなかったが、つい口からついて出た。

「ああ。だが、今日はやめとこう。なんだか疲れた。本部に戻って報告したら解散しよう」

工藤冴子は、殊更《ことさら》明るく努めた声を出して言った。

「そうですね、僕もすごく疲れている気がします」

三浦はそう言ったきり、口をつぐんだ。


三浦が、五反田に借りているマンションに着いたのは、午後十一時近くになっていた。

丸山恵理子の父親の家から、渋谷署の捜査本部に戻った三浦と工藤冴子は、本宮課長と塚田管理官に聞き込みの成果がなかったことを報告した。

もちろん、工藤冴子と口裏を合わせた嘘の報告で、本宮課長は訝しそうな顔を三浦に向けていたが、呼び出されて真偽を問い質《ただ》されることもなかった。

その後、捜査本部の会議室に一時間ほどいて、次々に報告にやってくる北村係長をはじめとした二係の捜査員たちの声にそれとなく聞き耳を立てていたが、特に注目するようなものはなく、工藤冴子とともに署をあとにしたのだった。

「お帰りなさい」

玄関のドアを開けると、未央が出迎えてくれた。

「ああ、ただいま。今日は泊まりじゃなかったんだ?」

三浦は、ぎこちない笑顔をみせて言ったが、すぐに目を伏せた。

「うん。いつも泊まりばっかじゃ、身がもたないもの」

「そりゃ、そうだね」

三浦はそう言うと、玄関の入り口に近い自分の部屋に入っていった。

「信吾、お風呂、入るでしょ?」

ドアの外で未央が訊いてきた。

「あ、うん。もう少しあとで入るよ」

「そう――」

未央は、がっかりした声を出している。

「?――何かあったのかい?」

「ううん。ビール、買っといたから、いっしょに飲もうかなと思って……」

そう言われてみれば、未央とはもう何日いっしょに食事をしていないだろう?

だが、間が悪い。今夜は、とても未央の顔を見ながらビールをおいしく飲める気分ではない。

「そっか。ありがとう。だけど、ごめん。今夜、すっごく疲れちゃってて――」

胸が痛んだ。

「ううん。いいの、気にしないで。あ、病院の待合室のテレビで見たけど、神泉のマンションで起きた殺人事件、あれ、信吾のところの管轄じゃないの？」

未央は、滅多に捜査について訊いてくることはないのだが、竹内彰殺害事件はやはり多くの人が関心を寄せているようだ。

「そうなんだ。おれもその捜査に加わることになってね。今日一日、その件であちこち動き回ってたんだ」

「そうだったんだ。じゃあ、しばらく大変な日がつづきそうだね」

「ああ。もちろん、一刻も早く犯人逮捕に向けて全力を注ぐけどね」

「うん。信吾は、正義の味方だから、絶対犯人捕まえられるよ」

（！――）

いったいどうしたというのだろう。未央の言葉が皮肉に聞こえた。

返事をしないでいると、ドアの前にいた未央の気配が消えていった。

室内着に着替えた三浦は、ベッドの上に大の字になって天井を睨んだ。

やがて脳裏に、今日会ったばかりの丸山恵理子の父親の顔と婚約者だった高瀬を十三年前に外村真二に殺されたことを告白する工藤冴子の顔が浮かんでは消えた。

ふたりとも、大切な人を殺され、その犯人を心から憎んでいる。当然のことだ。となれば未央も、実の兄を死に追いやったおれのことを、やはり心の奥底では恨んでいるんじゃないだろうか？　いや、きっとそうだ。それが当たり前の感情というものだ――久しく抱いていなかった想いが、胸の中を支配した。

（だとしたら、どうしたらいい？　やっぱり、未央と同じ部屋に住むというこんな暮らしは、不自然なんじゃないのか？　未央を苦しめるだけなんじゃないのか？　いや、彼女だけじゃない。おれだって――）

そこまで思い詰めた三浦は、頭の中に浮かんでいる想いを振り払うかのようにベッドから勢いよく体を起こした。

ふと工藤冴子が言った言葉が蘇ってきた。

『刑事《デカ》は、なにをおいても犯人《ホシ》を挙げることを最優先に考えていればいいんだ』

三浦は、

（そうだ。今は余計なことを考えないことだ……）

と、胸の中でつぶやきながら、立ち上がって風呂に入ろうと部屋を後にした。

竹内彰殺害事件の捜査は、有力な情報を得られないまま、三日が過ぎた。

その間、聞き込みによる捜査の限界を感じた工藤冴子は三浦と、十六年前に竹内彰と強姦殺人事件を起こした仲間のスノーマンこと、小嶋由紀夫が今どうしているのか居所を突き止めようとしたが、消息不明で探し出すことができなかった。

捜査に進展があったのは、事件発生から四日目のことである。

午前十時過ぎ——鑑取り捜査を進めていた谷と森崎のふたりが、竹内彰が三年前に起こした傷害事件の被害者・小泉彩（二十六歳）の兄、秀彦《ひでひこ》（二十八歳）に対して任意の事情聴取を求め、署に連行してきたのだ。

『小泉秀彦さん、あなた、四日前、殺された竹内彰を知っていますよね？』

取調室のパイプイスに座らされている小泉秀彦を見下ろすように立っている森崎が言った。谷は、小泉秀彦とデスクを挟んで向き合って座っている。

森崎とは話らしい話をしたことはまだないが、それとなく観察していると本庁から派遣されてくるタイプの刑事とは異質だと三浦は感じていた。

本庁の捜査一課は、刑事にとって憧れの部署である。そこに配属されるのは、警視庁のわずか一割に過ぎないのだ。当然エリート意識を持つようになり、所轄署の人間を見下すようになるものだ。

だが、森崎がそんな態度を取ったところを見たことはなかったし、そうした噂も三浦の耳には届いてきていない。

とはいっても、捜査本部にいるときは片時も塚田管理官のそばから離れず、なにかと気を遣っている様子がありありで、見ていて気持ちのいいものではなかったが——。

『ええ、知ってますよ。当たり前でしょ』

半袖の白いポロシャツにジーンズというラフな格好をしている小泉秀彦は、男にしてはぱっちりしすぎる大きな目をきょろきょろと泳がせながら答えた。

小泉秀彦は『帝都《ていと》警備保障』という警備会社で契約社員として働いている。今朝がた二十四時間勤務が終わって部屋で休んでいたところを、谷と森崎が訪ねてきて任意同行を求められたらしい。

『そりゃそうですよねえ。竹内彰は、三年前、あんたの妹の小泉彩にケガさせて、傷害の罪で一年七か月ムショに入っていた男ですからねえ』

森崎のねちっこい物言いに、小泉秀彦は口をつぐんだまま、いよいよ落ち着きをなくして貧乏ゆすりをしている。

「課長、谷さんと森崎さんは、あの小泉秀彦って男を犯人《ホシ》だと睨んでいるんですか?」

取調室の様子を隣の部屋からマジックミラー越しに見ている三浦が、本宮課長に訊いた。

「ああ。動機もあるし、事件当日のアリバイもないらしいからな」

本宮課長は、取調室から目を離さずに答えた。

いっしょにいる二係の北村以下、工藤冴子や坂野、飯沢、田端たちも無言のまま、じっと取調室を見つめている。

「動機があるんですか？」

「それを今から、暴こうとしているんだ」

本宮課長は、そう言うと、唇に人差指を当てた。黙って聞いていろという意味だ。

『どう思いました？』

今度は、谷が穏やかな口調で訊いた。

『どう思いましたって、なにをですか？』

『竹内彰が殺されたと聞いて、どう思いました？』

谷が訊いている間、森崎はどんな些細《ささい》な変化も見逃すまいと、小泉秀彦の表情を見つめている。

『びっくりしましたよ……』

『それだけですか？』

谷は畳みかけるように尋ねた。

『びっくりして——それから……あんな殺されかたをして、正直、ざまーみろと思いましたよ』

『ほお、ざまーみろ、ねえ』

谷は、いつもの癖で、右手で五分刈りのごま塩頭をがりがりと掻きながら、小泉秀彦の言葉を繰り返した。

『ところで、小泉さん、あなたの妹の彩さんですが、半年ほど前に自宅で首吊り自殺したそうですね？』

森崎が尋ねた。

すると小泉秀彦は、体を硬くさせて下を向き、さっきからしている貧乏ゆすりをさらに激しくさせはじめた。

『遺書はなかったと聞いていますが、自殺の動機はなんだったんですか？』

問い詰める口調で森崎が訊いた。

『そんなこと、あんたたちに関係ないだろ……』

小泉秀彦は、顔を歪めて苦しそうな声で言った。

『関係なくはないと思うがね。いろいろ調べさせてもらったんですよ』

谷が言った。

『いろいろ調べた？　なにを調べたっていうんだよ?!』

さっきまでおとなしかった小泉秀彦が、ひどく感情的になって怒鳴るように言った。

『今から三年前、あなたの妹の彩さんは、昼間は池袋のデパートに入っているブティックで働き、夜は同じ池袋のキャバクラでホステスをしていた。そうですよね？』

谷に噛みついている小泉秀彦に、立っている森崎が問いかけた。

いきり立っている相手に別方向から声をかけることによって冷静にさせる——尋問の基本だ。

『ところがある夜、事件が起きた。店の店長をしていた竹内彰に、あなたの妹の彩さんは相談があるから、いつもより早い時間に店に来てほしいと言われた。で、彩さんは言われたとおり、いつもより早い時間に店に行くと、相談ごとなんかではなく自分の彼女になってくれ、そうすれば、時給も高くしてやるし、ゆくゆくはふたりで店をやらないかと持ちかけられた——』

森崎は、三年前に竹内彰が起こした傷害事件の捜査資料を頭の中に叩き込んでいるのだろう、メモの類《たぐい》を一切見ることなく語った。

『しかし、そんな気などさらさらない彩さんは、竹内彰の申し出をあっさり断った。すると、竹内彰は豹変して、彩さんに襲いかかった。強引にでも体の関係を持てば、言うことを聞くと思ってね。彩さんは、必死になって抵抗した。そんな彩さんに竹内彰は、暴力を振るっておとなしくさせようとした――』

竹内彰は、彩の顔面や腹部を殴る、蹴るなどして抵抗できなくすると、衣服を引き剝がすようにして強姦したのである。

そして、事が終わって少ししたとき、おしぼり業者の人間が店に入ってきて、事件を目撃されたのだった。

『帰宅した彩さんの姿を見た、あなたや両親は驚き、何があったのか問い質《ただ》した。そして、すべてを知った家族は警察に訴えようとした。だが、彩さんは嫌がった。裁判になって、何をされたのか、大勢の人の前で詳しく話さなければならなくなるからです。それは彩さんにとって、耐えがたいことだった。しかし、かといって、このまま泣き寝入りしたのでは、竹内彰の思うつぼだ。そこで、彩さんは竹内から暴行を受けた傷害事件として警察に届け出ることにした。そうですよね?』

訴えを受けた警察は、すぐに竹内彰に強姦殺人の前科があることがわかった。

そして、彩から事情聴取していた警察は、強姦もされたのではないかと薄々思っていたことが確信に変わり、それを確認した。

しかし、彩は強姦された事実を認めたが、その罪も加えて竹内彰を訴えることはしないと頑《かたく》なに拒《こば》み、警察はやむなく傷害罪で逮捕し、起訴したのだった。

『竹内彰に下った判決は、懲役一年七か月の実刑だった。これで、事件は表面上は一件落着したかに思えた。だが、あなたがた家族にとっては、そうではなかった。彩さんは、男性恐怖症に陥り、外に出ることも怖がるようになっていき、次第に精神を病んでいった。そして、半年ほど前、彩さんは、自宅の自分の部屋で首を吊って自殺した――』

森崎が言うと、小泉秀彦は机をバンと叩いて、

『ああ、そうだよ！　妹は、あの男に殺されたようなものだ！　あの竹内彰にな。だから、竹内が、あんな殺されかたをしたのを知ったとき、おれたち家族は、だれかが、おれたちの代わりに竹内に復讐してくれたんだって、泣きながら手を叩いて大喜びしたよ。そのどこが悪いっていうんだ?!』

興奮して叫ぶように言うと、森崎と谷を交互に睨みつけた。

そんな小泉秀彦に、谷はまったく臆《おく》することなく、ぐっと顔を近づけて、

『四日前の午前一時ごろ、あんた、どこで何をしていたかね？』

と穏やかな口調で訊いた。

『何度同じことを言えばいいんだよ。その日は、部屋で寝てたって。でも、おれはひとり者だから、それを証明してくれる人間はいない。だけど、だいたい、おれに竹内をあんな気持ち悪い殺し方をする度胸なんてないよ』

小泉秀彦は、妹の彩が死んでから中野《なかの》区の実家を出て、杉並《すぎなみ》区のアパートでひとり暮らしをするようになったという。

そうした行動も、考えようによっては不自然といえば不自然である。妹の彩に自殺された両親は、相当なショックを受けているはずなのだ。そんな両親を置いて、ひとり暮らしをする意味がどこにあるのだろう？　第一、両親の家にいれば家賃も食費もかからなくて済むではないか。仕事先の帝都警備保障では正社員ではなく、契約社員という不安定な立場だし、給料もいいというわけではないはずなのだ。

『竹内彰が住んでいた〝パークサイド神泉〟というマンションと、竹内彰が経営していた道玄坂のボーイズバー、〝ルーキーズ〟が入っているビルね、あなたが勤めている帝都警備保障と防犯管理契約していますよね？　それは単なる偶然なんですかねえ？』

森崎は物静かに言っているが、その言葉の裏には、自分たちはおまえを犯人《ホシ》だと睨んでいるというプレッシャーが隠されている。

それを感じ取った小泉秀彦は顔色を変えて、

『そんなこと、たった今知ったよ。ああ、偶然さ。偶然に決まっているじゃないか！　帝都警備保障は、業界最大手の警備会社なんだ。竹内が住んでいたマンションとあいつがやっていた店が入っていたビルと、ウチの会社が防犯管理の契約をしていたからって、なんの不思議もないことだろ?!』

と、訴えるように言った。

『おいおい、そんな言い分が警察で通ると思うかい？　じゃあ、それまでフリーターだったあんたが、どうして妹が死んでからまじめに働くようになったのかね？　しかも、その勤め先が、竹内彰の店と住まいが防犯管理契約している帝都警備保障だなんて、出来すぎだろ？』

谷が諭すように言うと、

『あんたと自殺した妹の彩さんは、兄妹というよりまるで恋人のように仲がよかったそうじゃないか。だから、彩さんは男性と交際したことがないそうだな』

森崎は、それまでのねちっこい言葉遣いから一転して挑発的な物言いで迫った。

『だから、おれが彩の復讐をしたって言うのか?!　妹を犯したあいつの薄汚ねえキンタマを抉《えぐ》り取ったっていうのか?!　あんたら、どうかしてるよ。頭おかしいんじゃないか?!』

追い詰められた小泉秀彦は、パイプイスから腰を浮かせて、唾《つば》を飛ばしながら叫ぶように言った。

相手が興奮すればするほど、刑事にとっては思うつぼである。

『ま、こっちには時間はたっぷりあるんだ。あんたが、犯行を認めるまで何日だって付き合うよ』

谷が言うと、

『なんでだよ？　なんで、おれが犯人扱いされなきゃならないんだよぉ！……』

小泉秀彦は、両手で机を叩くと、その手を頭に持っていって髪の毛を鷲掴みにして苦悶しはじめた。

「どう思う？」

本宮課長が、だれともなしに訊いた。

「決まりでしょ、あいつで――」

係長の北村が、ちらっと取調室の小泉秀彦を見て答えた。

「竹内に強姦された妹が半年前に自殺か。動機もしっかりありますしね」

組織犯罪対策課にいそうな強面の坂野が、追随するように言った。

「しかも、アリバイがないうえに、勤め先が、竹内の店と住んでるマンションが防犯管理契約している警備会社とあっちゃ、疑うなってほうが無理というもんですよ」

坂野とコンビを組んでいる、どことなく歌舞伎の女形を思わせる顔をしている田端がつづいて言った。

「竹内の行動を把握して、殺す機会を狙っていたってわけか……」

太ったまるい顔をした、いつも人懐こい笑みを浮かべている飯沢もさすがに険しい表情を見せている。

「工藤、おまえはどうだ？」

本宮課長が言うと、その場にいた全員が工藤冴子に注目した。

「状況的としては、怪しいということしか――」

工藤冴子は、無表情で答えた。

「おい、工藤、じゃおまえは、あいつは犯人《ホシ》じゃないって言うのか？」

北村係長が食ってかかるように言った。

「どうなんだ？」

口を閉ざしている工藤冴子に、本宮課長が促した。

工藤冴子がだんまりを決め込んでいると、北村は「ちっ」と聞こえよがしに舌打ちをして、

「じゃ、課長、事件当夜に現場周辺をヤツが歩いていなかったかどうか、ヤツの写真を持って聞き込んできます」

と言った。

「ああ、そうしてくれ」

「行くぞ」

北村係長のあとを追うように、坂野、飯沢、田端がつづいて取調室を出ていった。

「僕たちも行かなくていいんですか?」

まだ取調室を見ている工藤冴子の耳元で、三浦がささやくように言った。

しかし、工藤冴子は聞こえているのかいないのか、三浦に返事をすることなく、取調室で髪の毛を鷲掴みにして苦悶の表情を浮かべている小泉秀彦を見つめながら、

「あれが演技なら、相当な役者だ……」

と、ぽつりと言った。

「おまえ、やっぱりヤツはシロだと見ているんだな」

本宮課長が穏やかな口調で言った。

「課長の嫌いな、単なる勘ですが――」

工藤冴子は、うっすらと皮肉な笑みを浮かべている。

「ああ、確かにおれは勘なんてあやふやなものをあてにして捜査する人間は嫌いだ。だが、工藤、おまえの勘は例外だ」

「買い被り過ぎです」

工藤冴子は、にこりともしない。

「で、おまえは、今回のこの事件《ヤマ》全体をどう見ているのか聞かせてくれ」

竹内彰殺害事件は、予想通り連日テレビのワイドショーや週刊誌がセンセーショナルに取り上げて世間を騒がせている。

その一方、一向に捜査の進展がないことから日を追うごとに警察への風当たりは強くなってきており、警察上層部にも焦《あせ》りが出てきているのだ。

「どう見るも何も——犯人《ホシ》の殺害動機は、激しい憎しみによる復讐でしょう。そして、殺したあとで局部を抉り取るという猟奇的な行為は、なんらかのメッセージじゃないですかね」

「メッセージ？　だれに対してだ？」

「犯人は自分だということを世間、あるいは警察に対してアピールしているのかもしれないし、竹内彰の近親者に対してかもしれない」

「近親者？」

本宮課長の問いかけに工藤冴子は、軽く頷いてつづけた。

「竹内の近親者に自分と同じ苦しみ、あるいは恐怖を味わわせてやるという……」

「だが、おまえも知っているだろう。竹内彰に家族はいない。両親はずいぶん前に死んでいるし、兄弟もいないんだぞ」

「近親者といっても、血のつながった人間とは限らない」

「どういう意味だ?」

「竹内彰と付き合っている親しい人間もターゲットになり得る。第一発見者の石田の話では、竹内彰には交際している女が何人かいたということでしたね?」

「ああ」

「ひっかかる女はいなかったんですか?」

「どの女も、金でつながってるだけの割り切った関係だったようだ」

「石田は、竹内に恨みや憎しみを抱いている人間が複数いたんじゃないかとも言っていた。そっちは?」

「そっちの線からは、まだひとりも怪しい人間は浮かんできていない」

「課長、鑑取りにもっと捜査員を充てるべきじゃないですか?」

工藤冴子が言うと、本宮課長は、痛いところを突かれたという顔になった。

捜査方針は、捜査主任の塚田管理官が決めることだ。副主任の本宮課長はその下で人員の配置やまとめ役をするのが仕事なのだ。方針を変更するには、塚田管理官の了承を得なければならない。

しかし、変更を申し出るということは、塚田管理官の捜査方針に異議を唱えるということとでもある。ノンキャリアの本宮課長がキャリア組の塚田管理官にモノ申すということは、出世をあきらめるということに等しいのだ。

大げさと思われるかもしれないが、警察という組織はそれほど厳格な階級社会であり、だからこそ規律が守られているとも言える。

だが一方で、そうした部下が上司に意見を言えない風通しの悪い硬直した組織だという見方があるのも事実だ。

「わたしの独断で、捜査方針を変えるわけにはいかんよ」

本宮課長はあきらめにも似た口調で言った。

そんな本宮課長に工藤冴子は、軽蔑《けいべつ》のまなざしを向けて言った。

「課長、いつから、あんたまでヒラメになったんです?」

「ヒラメ?」

工藤冴子の言葉に、本宮課長は意味がわからないといった顔をしている。

そんな本宮課長に、工藤冴子はぐっと顔を近づけると、

「この事件《ヤマ》は、前科《マエ》持ちが殺された事件《ヤマ》だ。鑑取りに、地取りと同じくらいの人数を割くのが捜査の常道でしょ。それをしなかったのは、塚田管理官が、本庁からあの森崎ひとりしか連れてこなかったからじゃないんですか?　所轄の人間が、本庁の森崎より先に手柄

すか?!」

を取ったんじゃあ、管理官様の顔を潰すことになる。あんたは、そう考えたんだ。違いま
と、人が変わったようにぞんざいな口調で詰め寄って食ってかかった。

すると、本宮課長も、さすがに堪忍袋の緒が切れたのだろう。

「工藤、わたしが何も知らないと思っているのか。竹内が起こした十六年前の事件《ヤマ》を勝手
に洗って、何も出てこなかったからといって八つ当たりするんじゃやない」

工藤冴子の胸ぐらを摑んで言った。

されるままになっている工藤冴子と、一瞬目が合った三浦は、いたたまれず思わず目を
伏せた。

「それといいか、署内じゃ、口の利き方に気をつけろ……」

工藤冴子の耳元で鋭く囁くように言って、胸ぐらを摑んでいた手を離した。

しかし、工藤冴子はひるみもしなければ、反省する様子も毛ほども見せず、

「捜査から外すというのなら、勝手にすればいい。しかし、こっちは自分のやり方で動き
ます」

と言い放って、荒々しくドアを開けて部屋を出ていった。

ドアが閉まる音で顔を上げた三浦が、ふと取調室に視線を移すと、いったん休憩するこ

とにしたのだろう、小泉秀彦も谷や森崎の姿もなくなっていた。

「課長、僕はどうしたらいいですか？」

三浦が本宮課長に視線を戻して、どぎまぎしながら訊くと、

「ただでさえ、人が足りないんだ。工藤を捜査から外すなんてことはしない。これまでどおりあいつといっしょに行動してくれ」

と言った。

「いや、しかし——」

工藤冴子が練馬署に行ったことを、本宮課長に話したのは、むろん三浦なのだ。

当初は黙っていようと思ったものの、いずれはバレると考え直したのである。保身以外のなにものでもなかった。

（おれも、所詮、ヒラメだ……）

自分は工藤冴子に合わす顔がない。

「練馬署に行ったことを、君がわたしに報告したことを気にしているのか？」

本宮課長が、三浦の心の内を読んだように言った。

「もう僕は、工藤さんとは組まないほうがいいんじゃないかと思うんですが……」

「もうバンザイするのか？　最短記録更新だな」

「工藤さんも、僕とはもう組みたくはないと思っているでしょうし」

「そんなことはない。工藤はおまえのことを気に入ってる」

「まさか」

三浦が思わず苦笑いすると、

「本当だ。工藤の口から直接聞いたわけじゃないが、わたしにはなんとなくわかる」

本宮課長は、妙にしんみりした口調で言った。

「課長、あの――」

三浦は、そこまで言って口をつぐんだ。

本宮課長と工藤冴子はデキている――田端と飯沢のふたりから、渋谷の居酒屋で歓迎会をしてくれたとき、そう聞いたことを思い出したのだ。

それは本当なんじゃないだろうか？――さっきの本宮課長と工藤冴子のやりとりを見ていて、三浦は確信的に思ったのだった。

そして、そのことを思わず本宮課長本人に尋ねそうになったのだが、もし仮に本当にそうだったとしても、まともに答えてくれるはずがない。

「なんだ？」

本宮課長は、不審そうな顔をして三浦を見ている。

「あ、いや、工藤さんが僕のことを気に入ってるだなんて、課長はどうしてそう思ったんですか?」

三浦は、とっさに思いついたことを口にしていた。

「おまえは、どことなく高瀬に似ている」

本宮課長が、思いがけないことを言った。

「高瀬って、工藤さんが結婚の約束をしていた、その高瀬さんですか?」

「ああ。外見がどうのというんじゃないが、なんていうか——まっすぐなところかな。あいつも曲がったことが嫌いなやつで、いつも正論を吐いて上とぶつかっていた。だが、ぶつかった上司からも同僚たちからも嫌われることはなかった不思議なやつだった。おれは、そんなあいつをいつも羨《うらや》ましいと思っていたものさ」

懐かしんでいるのだろう、本宮課長は遠い目をして宙を見ている。

(課長は、おれを買い被っている。おれは、まっすぐどころか、いつも人の顔色をうかがってばかりいる……)

三浦は気恥ずかしさで、まともに本宮課長の顔を見ることができなかった。

「しかし、あいつがあのまま歳を重ねても、あのままでいられたかな……」

本宮課長は、独りごとのように言うと、ふと我に返って、

「ま、そんなことはともかく、工藤のこと、頼んだぞ」

と言って、ドアのそばまで行くと、何かを思い出したのか足を止めた。

「あ、そうだ——これからは、よほど工藤が暴走しそうでない限り、報告しなくていいぞ」

本宮課長は背中を向けたままそう言うと、ドアノブに手をかけた。

「課長——課長が言う、工藤さんの暴走って、どんなことを指しているんですか?」

三浦は、本宮課長の背中に言葉をぶつけた。

本宮課長は単に、工藤冴子が無茶な捜査をして自分に迷惑をかけるということではなく、もっと別のことを心配しているような気がしてならない。

「なにも難しく考えることはない。工藤が自分の感情に任せて、警察官としてやっちゃいけないことをしそうになったときのことだ」

本宮課長は、背中を見せたまま、そう言うとドアを開けて部屋を出ていった。

三浦は工藤冴子の姿を探したが、捜査本部がある会議室にも六階の捜査一課の部屋にもいなかった。

階段を使って五階に降り、廊下の奥にある喫煙者用の休憩室に目を向けてみた。ひとりだけ、立ったまま缶コーヒーを片手にタバコを吸っている男のうしろ姿があった。森崎だった。

「森崎さん」

近づいていって声をかけた。

「ん？」

森崎が振り返った。

「工藤さん、見なかったですか？」

「いや、見てないな」

「そうですか。ならいいんです」

森崎のそばから離れようとした三浦だったが、こうして本庁の捜一のエースと目されている森崎とふたりきりになったことはなかった。このまま、この場を去るのは惜《お》しい気がした。

だが、せっかく休憩しているのに、さっきまで行っていた小泉秀彦の取調べの話題をするのは野暮《やぼ》というものだろう。

ふと、タバコの煙を吸う分煙台の上に置いてある森崎のセブンスターの箱の横に置いてあるライターに視線が行った。

白の使い捨てライターだが、表面に『クラブ　JOY』という文字が印刷されている。その店のノベルティだろう。新宿区歌舞伎《かぶき》町という住所も印刷されているようだが、小さ過ぎてよく見えない。

「よく行くんですか、そこ？――高そうな店ですね」

ライターを目で指して訊いてみた。

「ああ、ここか――」

森崎はライターを手に取ると、

「クラブとは名ばかりで、たいした店じゃない。おれは独り者だし、付き合ってる女もいない。明日が非番だって夜に、気晴らしに行くくらいさ」

「森崎さん、独身だったんですか」

「おいおい、おれ、そんなに所帯じみてるか？」

森崎は苦笑いを浮かべている。

「あ、いや、そうじゃなくて。着ているものなんかもピシッとしているから、お子さんはいないかもしれないけど、てっきり結婚していると思ってました」

お世辞ではなく、本心だった。

「結婚か。いつになったらできるやら――そういうそっちは、彼女いるのか？」

藪蛇な話になりそうだった。

「あ、いえ――じゃ、工藤さん、探さなきゃならないもんで……」

三浦は言葉を濁して言うと、そそくさとその場から去って行った。

その後も思いつくまま、あちこち見て回った。そしてもしやと思って三階の喫茶室を覗いてみると、奥の隅の席に座って両手で顔を覆っている工藤冴子を発見した。

不審に思いながら足早に近づいていった三浦は、思わず歩みを止めた。工藤冴子の両肩が小刻みに震えている。

(まさか、泣いているのか……)

三浦がどう声をかければいいのかわからず茫然としていると、震えていた両肩がさらに大きく揺れ、ククククという奇妙な声がして、

「バーカ……」

工藤冴子は覆っていた両手を払うと、寄り目にした変顔を作って見せた。

(まったく――四十女のすることじゃないだろ……)

三浦が呆れていると、工藤冴子は急にまじめな顔をして、

「行くぞ――」

と言って立ち上がった。

「行くって、どこにですか」

工藤冴子は、どんどん足早に歩いてゆく。

「捜査に決まってるだろ。他におまえとどこ行くとこあんだよ」

喫茶室を出た工藤冴子は、エレベーターには乗らずに、階段を駆け降りてゆく。どうやら地下の駐車場に行くつもりのようだ。

「工藤さん、怒んないんですか?」

ふたりに割り当てられている捜査車両の運転席に座った三浦が、キーを差し込みながら訊いた。

「課長にチクったことか?」

シートベルトを締めている工藤冴子が、横目でちらりと見て訊いてきた。当たり前といえば当たり前だが、工藤冴子はすべてお見通しだったのだ。

「ええ――」

「課長の命令に従っただけだろ。こっちが怒る筋合いじゃない」

工藤冴子は、さらりと言った。

今更気づいたことだが、工藤冴子は自分のことを『わたし』あるいは『あたし』と言ったことは一度もなく、『自分』や『こっち』と言う。

警察という組織は、言わずもがな完全な男社会である。そんな中で、女が同僚たちにナメられずに仕事をやっていくには、女という意識をなくさなければやっていけないと思っているのかもしれない。

では、あの噂はどうなのだろう?

「工藤さん、ちょっと訊いていいですか?」

「なんだ?」

工藤冴子は、うんざりした口調で訊いた。

「あの——本宮課長と不適切な関係にあるって噂を耳にしたんですけど、本当なんですか?」

さっき、本宮課長には訊けなかったことを思い切って口に出してみた。なぜ直接、工藤冴子に訊いてみようと思ったのか、三浦自身にもわからない。いや、もしかすると心のどこかで、そうであって欲しくないという気持ちが働いているからなのかもしれなかった。

「不適切な関係?」

工藤冴子は、ポカンとしたあどけない顔をしている。

「だから、その……つまり、工藤さんが本宮課長と不倫してるって——」

三浦は、しどろもどろになっている。

そんな三浦を工藤冴子は、妖しい目つきでじっと見つめて、

「――だとしたら、なにか問題ある？」

と、訊き返してきた。

「あ、いえ――そうですよね、そんなことプライベートな問題ですもんね。すいません……あ、どこ行くんでしたっけ？」

三浦は慌ててエンジンをかけようと、差し込んだままになっているキーに手をやると、助手席の工藤冴子が、ふっと顔を近づけてきて、

「あんたも、したくなったら、いつでも言いなよ……」

と、耳元で囁くように言い、太ももに左手を這わせはじめた。

「く、工藤さん……」

三浦の口の中は、からからに渇いて、掠《かす》れた声しか出ない。

「もっとも相手をするかどうかは、そのときの気分次第だけど……」

妖しい目つきで三浦を見つめている工藤冴子の左手が、そろりそろりと股間に向かってきている。三浦は、金縛りにあったように動けなくなった。

「でもね、信吾ちゃん――今度また、女のくだらないのみたいに課長にチクったりなんかしたら……」

太ももを這っていた工藤冴子の左手が、いきなり三浦の股間を力いっぱい摑み上げ、

「今回の犯人《ホシ》みたいに、こいつを抉り取るよ――」

と、まるで別人のようにドスの利いた声で言った。

（まったく、なんなんだよ、この人は……）

三浦が声も出せず、ハンドルに顔を埋めていると、

「早くクルマ出せ。捜査は時間との勝負だって言っただろ」

と、工藤冴子は何事もなかったかのような顔をして言った。


事件発生から一週間が過ぎた。捜査は完全に行き詰まっていた。

連日任意同行を求めて事情聴取していた小泉秀彦は犯行を否認しつづけ、犯行当夜、小泉秀彦を竹内彰のマンション周辺で見たという目撃者を探していた北村係長たちも無駄足がつづいていた。

焦《あせ》りの色がいよいよ濃くなった捜査員たちからは、小泉秀彦を別件で逮捕して一気に自白に持ち込もうという意見が強くなっている。

しかし、捜査主任の塚田管理官は別件逮捕を認めず、引き続き小泉秀彦のマークをしつつ、捜査員たちに見落としている点はないか検討することを指示した。

その間、三浦と工藤冴子は、竹内彰の交友関係を洗っていたのだが、ひっかかるような人物は浮かび上がってこなかった。

そして、事件発生から、さらにもう一週間が経とうとしていた日の朝のことである。

定例の捜査会議の時間になり、塚田管理官が捜査員たちを前に口を開こうとしたとき、振動で気づいたのだろう、胸ポケットに収めていた携帯電話を取り出した。

「塚田だ──」

携帯電話に出た塚田管理官は席を立って窓側に行くと、その横顔からでも表情が一変したのがわかった。

一分足らずで電話を切った塚田管理官はその場に立ったまま、

「江東《こうとう》区東陽《とうよう》二丁目のマンション、『レジデンシャル木場《きば》』の四〇五号室で、男の刺殺体が発見された。マルガイ（被害者）は、三十六歳の男。名前は、こじまゆきお──」

と、被害者の名前を言ったとたん、会議室の後ろの席にいた工藤冴子が勢いよく立ち上がった。

「今、なんて──」

隣で座っている三浦は、茫然と工藤冴子を見上げていたが、

「──あっ……」

思い出して、立ち上がった。

「なんだ、おまえたち――」

塚田管理官が訝しい顔をして言った。

会議室にいる警察官全員の視線が、工藤冴子と三浦に注がれている。

「その発見されたマルガイの〝こじまゆきお〟は、どういう字を書くんですか？」

工藤冴子は、塚田管理官をまっすぐに見て、問い詰めるように訊いた。

「どういうことだ？」

塚田管理官は、不機嫌そうな顔になっている。

「もしかすると、そのマルガイは竹内彰が十六年前に起こした強姦殺人事件の共犯者かもしれません」

工藤冴子が言うと、室内のあちこちで「なんだって?!」という声とともにざわつきはじめた。

「その可能性は極めて高いかもしれん……」

塚田管理官はそう言うと、近くに立ててあるホワイトボードに近寄っていき、マジックペンを持って、『小嶋由紀夫』と書くと、捜査員たちに向き直ってつづけた。

「マルガイの死因は、竹内彰と同じく鋭利な刃物で心臓を刺されたことによる失血死。さらには、竹内彰の遺体と同じく性器を抉り取られているということだ」

室内のざわつきは、さらに激しくなった。

「行くぞ」

工藤冴子は三浦に小声で鋭くそう言うと、出口に向かった。

「捜査員は全員、現場へ向かえ！　全員だ！」

塚田管理官がヒステリックな声で叫んだ。


江東区東陽二丁目の『レジデンシャル木場』は、九階建ての中規模マンションだった。地下鉄東西《とうざい》線の東陽町駅まで徒歩五分。近くにはスーパーや病院などもある。建物自体は新しくはないが、利便性からみて結構な資産価値があるマンションだろう。

今にも雨が降り出しそうな気配の曇り空の下、渋谷署の捜査員たちが到着すると、マンションの前には黒山の人だかりができていた。

マンションの入り口には、立ち入り禁止の規制線が張られ、制服警察官が両端に立っていて、住人と捜査関係者以外は出入りさせないようにチェックしている。

そんな中を、塚田管理官を先頭に、本宮課長以下十名近い捜査員が車両から降り立って続々とマンションの入り口に向かってくる姿に、黒山の人だかりを作っていた野次馬たちもたじろいで道をあけた。

現場となった四〇五号室に塚田管理官たちが入っていくと、廊下の先のリビングの入り口を塞《ふさ》ぐようにして、所轄の深川《ふかがわ》署の捜査員たちが出迎えた。

「警視庁捜査一課管理官、塚田だ――」

当然、鑑識課員もいるはずだが、室内で黙々と作業をこなしているのだろう。

「ごくろうさまです。深川署刑事課課長の猪瀬《いのせ》です」

四人いる捜査員たちの中で、もっとも年長と思われる男が緊張した顔で言った。

「ホトケは？」

塚田管理官が訊くと、

「こちらです――」

猪瀬課長が、塞いでいたリビングの入り口を開けるように、立っている位置を変えた。

塚田管理官につづいてリビングに入ったとたん本宮課長以下、渋谷署の捜査員たちは足を止め、室内の異様な状態に目を見張った。

八畳ほどのリビングの窓近くの壁にあるソファに、小嶋由紀夫と思われる男が、背もたれにもたれて座ったままの状態で顔を天井に向けて息絶えていた。

上半身の灰色のスウェットは左胸を中心に血でどす黒く染められ、下半身は何も着ておらず、股間部分が抉り取られてグロテスクな血肉が見え、足元は血の海になっている。

だが、捜査員たちが死体よりも注目したのは、被害者の頭部の位置より十センチほど上の壁に、左から右に赤黒い血で大きく、『おとみさん』と書かれていた文字だった。

「犯人《ホシ》の仕業《しわざ》か……」

塚田管理官と本宮課長のすぐうしろにいる北村係長が、だれにともなく言った。

「でしょうね」

北村の隣にいる坂野が答えた。

文字の太さから見て、被害者の血を指先に塗りつけて書いたのだろう。しかしおそらく、指紋が発見されないように手袋か何かをはめていたに違いない。

「〝おとみさん〟て、いったいどういう意味があるんだ……」

坂野の隣にいる田端が、つぶやくように言った。

「普通に考えれば、人の名前というか愛称ですよね」

田端の横にいる飯沢が、額に汗を浮かべて言った。

「ずいぶん昔だが、春日八郎《かすがはちろう》という歌手が〝お富さん〟て歌を歌って大ヒットした。ま、関係ないだろうな」

そう言ったのは二係で一番年長の谷である。

「苗字の愛称だとしたら富田《とみた》とか富永《とみなが》、富沢《とみざわ》。名前だったら男なら富美夫《とみお》、女なら富恵《とみえ》や単にトミか……」

本宮課長が首をかしげながらつぶやいている。

「いずれにしろこれは、竹内彰を殺害した犯人《ホシ》による連続殺人の可能性が高いと見て、まず間違いなさそうだな」

顔を強張らせながら塚田管理官はそう言うと、

「猪瀬課長、マルガイの死亡推定時刻は？」

顔だけ振り向いて訊いた。

後方にいた深川署の猪瀬課長は、渋谷署の捜査員たちをかき分けるようにして前に出てきた。

「はい。死後硬直の度合いからみて、昨夜の午後十時から十二時の間ではないかということです。司法解剖をすれば、時間はさらに絞り込めますので、その結果は後ほど、ご報告いたします」

司法解剖による死亡推定時刻の割り出しは、遺体の直腸温度と胃の中の残留物の消化具合から算出され、かなり正確な時間がわかる。

「第一発見者は？」

「田淵真由美《たぶちまゆみ》、三十歳。マルガイの情婦のひとりです」

「情婦?」

塚田管理官は、眉をひそめた。

「ええ。小嶋由紀夫は、広域指定暴力団・銀竜《ぎんりゅう》会系の有馬《ありま》組の構成員です。第一発見者の田淵真由美は複数いる愛人のうちのひとりで、錦糸町《きんしちょう》でスナックをやっています。合鍵を持っていて、週に何度か掃除と洗濯をしにきているそうです」

「ここに来たのは何時だと言ってるんだ?」

「午前十時過ぎだそうです」

「今、どこにいる?」

「動揺が激しいので、署に連行しました。気持ちを落ち着かせてから、もろもろ事情聴取しようと考えています」

「その女が犯人《ホシ》だという可能性は?」

「あの取り乱し方を見ると、可能性は低いと思います」

「マンションの住民への聞き込みは、どうなってる?」

「はい、行いました。しかし、両隣と上下の住人は働きに出ているんでしょう、留守で訊くことはできませんでした。訊くことができたのは、左二軒先の老夫婦だけですが、死亡推定時刻にはもう就寝していたそうで特に何か音が聞こえたということはなかったそうです」

「マンションの入り口に、防犯カメラが設置してあったな」

「はい。マンションの管理会社に、昨日一日の映像を提供してもらうよう、すでに要請してあります」

「犯人《ホシ》につながるような遺留品は？」

「鑑識が、このリビングから本人以外と思われる指紋や毛髪の採取は何種類かしておりますが、その他のものは今のところは発見されておりません。肝心の凶器もまだですが、引き続き、寝室になっている奥の部屋で、犯人《ホシ》につながる遺留品を探しています」

「そうか――」

矢継ぎ早に質問していた塚田管理官は、大きなため息をつくと、

「本宮課長、何かあるか？」

と、水を向けた。

「ざっと見たところ、このリビングは荒らされた様子はないようですが、鑑識が調べている奥の部屋はどうなんです？」

本宮課長が猪瀬課長に訊いた。

「奥の部屋も同様に荒らされた様子はないですね。それにマルガイの財布には現金が二十万円ほど入っていましたから、物盗りの犯行ではないことは確かでしょうね」

「ソファに座っているということは、よほど親しい人間か、あるいは気を許していい相手と向き合っていたところを、不意を突かれて殺られたというところか……」

塚田管理官の少しうしろにいる森崎が、独りごとのようにつぶやいた。

「女ですかね？」

坂野が北村係長に尋ねるように言った。

「ヤクザ者の心臓を一突きで殺すなんて、油断していたとはいえ、それだけのことを女ひとりでできるものかな」

北村係長は、塚田管理官や本宮課長、森崎、猪瀬課長らの顔をちらちら見ながら答えたが、それに対して何か意見を言う者はいなかった。

女とも男とも判断がつかない。あるいは、まだこの段階では判断しないほうが無難だとだれもが考えているのだろう。

「管理官、いずれにしろ深川署との合同捜査本部を設置して、捜査体制を組み直したほうがいいんじゃないでしょうか」

本宮課長が言うと、

「そうだな。深川署の署長には、わたしから依頼しよう。ところで、さっき真っ先に、この現場に向かおうとした女の捜査員がいたな？」

塚田管理官が訊いた。

「ああ、工藤ですか？」

本宮が答えると、

「工藤――」

と、塚田管理官が呼んだ。

「なにか」

渋谷署の刑事集団のうしろのほうにいた工藤冴子が、塚田管理官の前に出ていった。

「君はマルガイが、どうして十六年前に竹内彰が起こした強姦殺人事件の共犯者じゃないかとすぐにわかったんだ？」

「十六年前、竹内彰が共犯で逮捕された強姦殺人事件の捜査資料に、主犯で逮捕された男の名前が小嶋由紀夫とあったからです」

工藤冴子が答えると、

「あの事件《ヤマ》を捜査した練馬署に行ったのか？」

塚田管理官の真後ろにいた森崎が、工藤冴子の前に出てきて言った。

工藤冴子が答えないでいると、

「だれがそんなことをしろと言った。それは、おれたち鑑取りがする仕事だろ」

森崎が目を剝いて言った。

森崎の近くにいる谷は、まいったなと言いたげに、ごま塩頭を手で搔いている。

(だから、バレたら厄介なことになるって言ったんだ……)

三浦は、身をひそめるようにして、やりとりを聞いている。

北村以下、坂野や飯沢、田端たちも、「まずいなあ」というように顔をしかめている。

しかし、当の工藤冴子は、まったく悪びれることなく、

「じゃあ、どうしてその自分たちの仕事をしなかった?」

と、冷静に森崎に言い返した。

「あんた、何を開き直ってんだ?!」

森崎が摑みかからんばかりに工藤冴子に迫ってきた。

が、工藤冴子は一歩も引かず、鼻をひくひくさせながら、

「捜査を早々に切り上げて、女のいる飲み屋通いか。本庁の刑事さんは、いいご身分だな」

と言った。

図星なのか、森崎は急にひるんだ顔つきになった。

「水商売の女がつける、きつい香水の匂いがプンプンしてる。昨夜も新宿のクラブ、〝JOY〟とかいう店か?」

工藤冴子は、勝ち誇った顔をしているが、三浦はいたたまれない気持ちだった。むろん森崎が、その店の常連らしいことを工藤冴子に言ったのは自分だからだ。

しかし、森崎は三浦に、『クラブ　JOY』に行くのは明日が非番の日だと言っていたが、今は捜査本部が立ちあがっている最中なのだ。非番などあるはずがない。三浦に気晴らしにと言ったのは照れ隠しで、『クラブ　JOY』には、森崎の目当ての女がいるということかもしれない。

「プライベートな時間を、どう使おうとあんたにとやかく言われる筋合いはない」

今度は森崎が開き直った顔をして言うと、工藤冴子はすかさず、

「ああ。仕事さえちゃんとしてくれればな」

と、鼻で笑うように言った。

「あんたなぁ、人の畑を勝手に荒らして何を偉そうにしてるんだ?!」

怒り心頭の森崎は、工藤冴子の胸ぐらを摑み上げようと手を伸ばした。

と、そのとき、

「森崎、よせ」

塚田管理官が厳しい声で止めた。

そして、

「工藤、どうして練馬署に行ったことを報告しなかった？」

と、問い質した。

「それは――」

工藤冴子は答えに窮した。

すると、

「わたしが止めました」

本宮課長が答えた。

「どういうことだ？」

塚田管理官は本宮課長に怪訝な顔を向けた。

「練馬署に保存してある、その十六年前の捜査資料からは、竹内彰殺害につながる手がかりは何も見つけられなかったという報告を受けていたもので――」

「そうなのか？」

塚田管理官は、工藤冴子に向きを変えて訊いた。

「はい。それに竹内彰と小嶋由紀夫のふたりによって強姦されたあげく、殺害された丸山恵理子の父親にも会いました。そして彼女と親しくしていて、竹内に復讐しそうな人間に心当たりはないかと尋ねたんですが、まったく心当たりがないとのことでした」

「あんた、そんなことまでしていたのか」

森崎がいきり立って言うと、

「よせと言ってるだろ」

と、またも塚田管理官は森崎を叱《しか》りつけて、工藤冴子に向かってつづけて言った。

「しかし今回、その十六年前に丸山恵理子を強姦し殺害した竹内彰に続いて小嶋由紀夫も殺された。しかも、心臓を鋭利な刃物でひと突きされ、男性器を抉り取られるという同じ方法が取られている。となれば、やはり十六年前の事件に関わる人間の仕業に違いない。そう考えたわけだな？」

「そうです」

「だが、共犯の竹内彰は十年前に出所しているし、主犯だったという小嶋由紀夫にしたところで、三、四年遅れで出所しているはずだ。丸山恵理子強姦殺人事件の復讐だとすると、時間があきすぎてないか？」

「そう思います。しかし、ふたりの居所を探すのに時間がかかったということなのかもしれません。実際、自分も小嶋由紀夫の居所を探してみましたが、行方はわからずじまいで諦めていたところでしたから」

「なるほどな。じゃあ、竹内彰の殺害現場にはなかった、あの〝おとみさん〟という血文字は、どう考える？　犯人は、あれにどんな意味を込めていると思う？」

塚田管理官は壁に書かれている、不気味な血文字の「おとみさん」を顔で指しながら訊いた。

「確かなことは何もわかりません。ただ――」

「ただ、なんだ？」

「もしかすると、だれかのハンドルネームじゃないかという気がします」

「ハンドルネーム？　パソコンに使う、あのハンドルネームのことか？」

「はい」

「どうしてそう思う？」

現場にいる捜査員全員が、塚田管理官と工藤冴子のやりとりに注目している。

「十六年前、竹内彰と小嶋由紀夫のふたりが丸山恵理子に対して行った強姦殺人事件ですが、そのときふたりはパソコンの掲示板で知り合い、犯行に及んだんです。丸山恵理子を強姦しようと呼び掛けたのは、小嶋由紀夫のほうでした。そのとき彼が使ったハンドルネームは名前の〝ゆきお〟からもじってつけたんでしょう、〝スノーマン〟と名乗っていました。そして、竹内彰のハンドルネームは、〝バンブー〟でした」

「竹内彰の〝竹〟でバンブーか……で、丸山恵理子強姦殺人事件には、小嶋由紀夫と竹内彰以外に関わった人物はいるのか？」

「いいえ、犯行はそのふたりだけです」

「じゃ、あの〝おとみさん〟という文字が、おまえの言うようにハンドルネームではないかという推理はどこからくるんだ？」

「勘です」

工藤冴子は、躊躇《ためら》うことなく答えた。

「勘か――しかし、小嶋由紀夫のハンドルネームのスノーマンも竹内彰のハンドルネームのバンブーもカタカナだ。〝おとみさん〟もあだ名かもしれないが、ひとつだけ、ひらがなで異質だ。ハンドルネームだと決めつけるには、無理があるような気がするがな……」

「確かにハンドルネームではないかもしれません。しかし、いずれにしろこのふたつの殺しは十六年前にふたりが起こした強姦殺人事件に関係するものとみて、まず間違いないと思います。ですから、十六年前のあの強姦殺人事件の周辺を徹底的に洗えば、きっと犯人《ホシ》につながる人間が浮かんでくると思います」

塚田管理官は少し間を置いてから、

「本宮課長、どう思う?」

と、顔を向けて訊いた。

本宮課長は迷わず答えた。

「工藤の言うようにやらせてみてはどうでしょうか」

本宮課長の顔を見て考えていた塚田管理官は、工藤冴子に視線を移すと、

「よし、やってみろ。だが、逐一報告するんだ。もしまた、黙って勝手な行動をしたことがわかったときは、それなりの処分を受けてもらう。いいな」

と言った。

「わかりました」

工藤冴子は、特段喜びもしなければ、緊張や気負いも感じられなかった。


工藤冴子と三浦が十六年前に小嶋由紀夫と竹内彰を逮捕し、取調べを行った練馬署の刑事だった黒沢正雄《まさお》の家を訪ねることができたのは、小嶋由紀夫の死体が発見されたその日の午後九時を回っていた。

工藤冴子は、小嶋由紀夫殺害現場からそのまま向かおうとしたのだが、渋谷署の捜査本

部に全員は一旦戻るように指示されたのである。

深川署との情報の共有と確認や班分けの仕切り直しなど、儀式的な手続きを行うためで、そんなことをしているうちに時間がどんどん経ってしまったのである。

ようやく黒沢正雄に連絡が取れたのは夕方になってからだった。当時五十六歳だった黒沢は現在七十二歳で、東村山《ひがしむらやま》の一軒家で妻とふたりで暮らしている。

黒沢の家のチャイムを鳴らすと、あらかじめ電話で用件を伝えていたせいもあるだろうが、夜分にもかかわらず、黒沢は工藤と三浦を快《こころよ》く迎え入れ、和室の居間に通してくれた。

改めてあいさつをすると、そのタイミングを計ったように着なれた着物姿の黒沢の妻が、お茶と和菓子を運んできた。

「どうぞお構いなく――」

工藤冴子が言うと、

「お時間は気になさらず、ごゆっくりなさっていってください――では、あなた、何か御用がありましたらお呼びくださいね」

貞淑《ていしゅく》な妻を絵に描いたような黒沢の妻は、そう言って上品な笑みを工藤冴子と三浦に向けて部屋を去って行った。

居間は一瞬、静寂に包まれたが、すぐ黒沢が茶碗に手を伸ばしながら口を開いた。

「丸山恵理子強姦殺人事件は、わたしの警察官人生の中でも、忘れようにも忘れられない事件《ヤマ》のひとつだ。しかし、あんな昔の事件《ヤマ》の犯人《ホシ》ふたりが今になって相次いで殺されるとは、いったいどういうことなのかね?」

黒沢はそう言うと、ごくりと音を鳴らしてお茶をひと口飲んだ。

痩せこけ、どことなく鶏《にわとり》を思わせる顔をしている黒沢は、出迎えてくれたときとの好々爺《こうこうや》とは違い、探るような鋭い目つきで工藤冴子と三浦を見つめている。

とうに現役を引退しているとは言うものの、人の心の内を盗み見ようとする刑事の癖というものは消えることがないのだろう。

「犯人《ホシ》が何者なのか、今のところ、まったくわかっていません。しかし、殺されたふたりは、どっちも心臓を鋭い刃物でひと突きされ、股間の局部を抉り取られるという、まったく同じ手口で殺《や》られています。それから考えて、同一犯と見てまず間違いないと思われます」

工藤冴子が言った。

三浦は、さっきから一言も発していない。いや、言葉を発すべき立場にないといったほうがいいだろう。なにしろ、三浦は十六年も前に起きた強姦殺人事件と竹内彰殺しが関係あるとは思えず、勝手に練馬署に行って当時の事件の捜査資料を見ようとした工藤冴子を咎《とが》めたのだ。いや、咎めたどころか、保身のために工藤冴子のそうした行動を本宮課長に密告までしたのだ。

だが、竹内彰が殺されてから二週間後、今度は十六年前の強姦殺人事件の主犯だった小嶋由紀夫が同じ手口で殺害されたのである。

つまり、竹内彰が殺された時点で、十六年前の丸山恵理子強姦殺人事件に関係があるのではないかと睨んだ、工藤冴子の『勘』が見事に当たったのだ。

これまで、工藤冴子の言動にいちいち反発を覚えていた三浦だったが、こうなってくると本宮課長の言ったとおり、刑事としての彼女の腕はやはりピカイチだと認めざるを得ないと同時に、彼女に対して偉そうな口を利いていた自分を反省せざるを得ない。

「そして、その同一犯はおそらく、丸山恵理子強姦殺人事件に関係する人物だと睨んでいるわけか」

黒沢が、工藤冴子を見据えて訊いた。

「そうです」

「しかし、あの事件からもう十六年経っている。どうして犯人《ホシ》は、今さらそんなことをしようとしたのか……」

黒沢は考えを巡らすように、宙に目を向けて言った。

「それは、わかりません。竹内彰が殺されたとき、丸山恵理子さんの実家に行って父親に会い、娘さんと親しくしていた人で、竹内彰に復讐をするような人物に心当たりはないかと訊いてみたんですが、まるでないということでした。しかし、その竹内彰が殺されてから二週間後です。丸山恵理子強姦殺人事件の主犯だった小嶋由紀夫が同じ方法で殺されたのは――そして、小嶋由紀夫が殺害された現場には、奇妙なメッセージと思われる文字が残されていました」

工藤冴子が言うと、

「ほお、どんな文字が残されていたのかね？」

黒沢は、興味深げに眉を寄せて訊いた。

「殺された小嶋由紀夫の血を使って、部屋の壁にひらがなで〝おとみさん〟と書かれていたんです」

工藤冴子の言葉に、黒沢の眉がぴくりと動いた。

この情報は、まだ一般に知らされていないことである。

「？――どんな意味があるのか、心当たりがあるんですか？」

工藤冴子が、すかさず訊いた。

「いや、そんなものの意味などわからんし、心当たりもまるでない」

黒沢はそう言って首を振ると、ふたたび工藤冴子の顔を見て、

「まあ、わたしらの歳の者が〝おとみさん〟と聞いて、ぱっと頭に浮かぶのは、春日八郎という歌手が昔歌って大ヒットした〝おとみさん〟という歌謡曲だ。確か、あれは昭和三十年くらいだったかな」

と言った。

「その歌なら、懐メロ番組で聞いたことがあります。でも、その〝おとみさん〟は、漢字の〝富〟ですよね?」

小嶋由紀夫の殺害現場で同じようなことを鑑取り班の谷が言ったので、春日八郎の『お富さん』の歌をパソコンで調べてみると、レコードが発売されたのは昭和二十九年だった。

しかし、昔の歌謡曲の寿命は長く、その後も春日八郎が歌う『お富さん』はロングヒットをつづけていたようだ。

「ああ、そうだ。あの歌の歌詞は、歌舞伎狂言の『与話情浮名横櫛《よわなさけうきなのよこぐし》』という物語の中の掛け合いから作ったものでね——粋《いき》な黒塀、見越《こ》しの松に……」

黒沢は、小さく鼻歌で歌い始めた。

工藤冴子はその歌を遮るように、

「黒沢さん、本当に心当たりはないですか？」

と、再度訊いた。

黒沢はむっとした顔をすると、

「ないと言っているだろ。で、捜査本部では、どう見ているのかね」

と訊き返してきた。

「これは捜査本部の見解ではなく、自分の個人的な見方ですが、あの壁に血文字で書かれた〝おとみさん〟は、ハンドルネームじゃないかと思っています」

「ハンドルネーム？」

「ええ。丸山恵理子を強姦したあげく、ナイフで刺し殺した小嶋由紀夫が、共犯の竹内彰と知り合ったのは、パソコンの掲示板でしたよね？」

「うむ」

「そのときに小嶋由紀夫が使用していたハンドルネームは、なんだったか覚えていますか？」

「さて……」

黒沢は、右手をあごに当てて、宙を見つめた。

「名前の〝ゆきお〟をもじって、〝スノーマン〟と名乗っていました」

じれた工藤冴子が言うと、黒沢は、思い出したとばかりに膝を打った。

「ああ、そうだった。思い出したよ。もうひとりの竹内彰は、苗字の一字の〝竹〟から〝バンブー〟というハンドルネームを使っていた」

「そうです」

工藤冴子が相槌を打つと、黒沢は怪訝な顔をして言った。

「で、〝おとみさん〟もハンドルネームじゃないかという、あんたの推理はどこからくるのかな?」

黒沢は、塚田管理官と同じ質問をぶつけてきた。

「単なる勘です」

「おい、君――」

黒沢は呆れた顔をすると、工藤冴子は一気にまくしたてるように言った。

「聞いてください。十六年前の丸山恵理子強姦殺人事件の犯人で、相次いで殺された竹内彰と小嶋由紀夫のふたりは事件当時、自分の名前からとったハンドルネームを持っていました。そして、小嶋由紀夫が殺された自宅の壁に〝おとみさん〟という血文字――つまり、丸山恵理子強姦殺人事件には、竹内と小嶋の他にもうひとり関わった、あるいは関わりそうになった、〝おとみさん〟なる人物がいたということを犯人は訴えようとしているんじゃないか？　自分は、そう見ています。黒沢さん、ふたりの取調べに当たったとき、彼らからそんな話を聞いていませんか？」

するると、黒沢はまた不機嫌な顔になって、

「しつこい人だなあ。心当たりなどないと言っとるだろ。だいたい、あんたら、練馬署に行って、調書を読んだと言ったじゃないか」

と言った。

確かに黒沢の家を訪れる際、工藤冴子は電話で、練馬署に行って調書をすべて読んだことも伝えている。

「小嶋由紀夫と竹内彰の供述調書に、〝おとみさん〟というハンドルネームを使った仲間がいたなどという供述はあったかね？」

「いえ――」

さっきまでの勢いが嘘のようになくなった工藤冴子は、視線を落として答えた。

「そうだろ。あったら、調書をまとめたこのわたしが書いているはずだからな。ということはだな、そんな〝おとみさん〟だなんて言葉は、彼らの口から出てこなかったということだよ」

黒沢は勝ち誇ったように言うと、湯呑みに残っていたお茶を啜《すす》って飲み干した。

が、工藤冴子はなおも粘った。

「そうですね——ところで、黒沢さんといっしょに取調べをやった捜査員は、なんという方ですか?」

取調べは、必ずふたり一組で行うことになっている。理由はふたつある。やり方に行き過ぎがないように互いに監視するため。もうひとつは、容疑者に対して厳しく追及する者とやさしく対応する者という飴と鞭の役割を演じることによって、自供を得やすくしようという狙いからだ。

工藤冴子の問いに、黒沢は一瞬たじろいだようになって唾《つば》を飲み込むと、

「もうおらんよ」

と力なく言った。

「定年退官しているんですか?」

「いや、そうじゃない。もうこの世におらんのだ」

「亡くなられたということですか?」

「ああ。二か月前だ。ほら、あんたたちだって知っているだろ。調布署の刑事で、拳銃自殺した村下だ——」

工藤冴子と三浦は、一瞬言葉を失ったようになって、顔を見合わせた。

警察官ならば、だれでも知っている事件である。

調布署捜査一課の巡査部長、村下修治は、二か月前、京王多摩川駅近くの高架下に停めた捜査車両の中で、自身の拳銃で頭を撃ち抜いて自殺した。

あと二年で定年退官するはずだった刑事の自殺は当初、週刊誌などで様々な憶測を呼んだが、結局のところはっきりしたことはわからず、ノイローゼによるものだろうということで落ち着いた。

「竹内彰と小嶋由紀夫のふたりを逮捕したのも、黒沢さんとその亡くなられた村下さんのふたりだったんですか?」

「ああ。そうだ」

「あの——」

黒沢と工藤冴子が口をつぐんでしまったのを機に、それまで口を閉ざしていた三浦が言った。

黒沢が、どうした? という顔で三浦を見た。

「村下刑事のお葬式には、行かれたんですか?」

「そりゃ、かつての同僚だからな」

「村下刑事の自殺の原因は、ノイローゼということのようですが、そうなるような悩みを抱えていたんでしょうか？」

「さあな。わたしは、お悔やみを言いに行っただけで、遺族とは話らしい話はしていない。しかし、どうして、わたしにそんなことを訊くのかね？」

黒沢は、面倒臭そうな口調で言った。

「あ、いや、長年刑事という、肉体的にも精神的にもハードな仕事をなさってきた村下さんのような人が、そう簡単にノイローゼになんてなるものなのかなと思ったもので――」

三浦の言葉に嘘はなかった。ただ単純に不思議に思ったのである。

「そりゃ、なにもなくてノイローゼにはならんだろうな。だが、わたしは何も知らんよ。なにしろ村下は、丸山恵理子の事件の捜査が終わってからしばらくして中野署だったかな、とにかく別の署に異動になったんだ。それからはお互いに、次々に起きる事件の捜査に追われて顔を合わすことなんてなかったんだ。自殺したのもニュースで知ったくらいだ」

「そうでしたか」

三浦が言うと、隣にいる工藤冴子が腕時計を見て、

「そろそろ失礼しよう――どうも夜分に、長い時間すみませんでした。また何かありまし

たら、ご協力をよろしくお願いします」

と言って立ち上がり、三浦もつづいた。

「わたしでできることがあるならと言いたいところだが、さっき話したことくらいしか、あんたたちに話すことはもうなにもない」

黒沢は、テーブルに両手をついて立ち上がりながら言った。

第三章　第三の犯人《ホシ》

黒沢夫妻に見送られて外に出ると、いつの間にか霧雨が降っていた。

しかし、寒さを感じないどころか、むしろ蒸し暑いほどだった。もう梅雨に入ったのかもしれない。

捜査車両に乗って少しすると、三浦の腹が鳴った。そういえば、まだ晩飯を食べていない。

「そこのファミレスに入るか」

突然、工藤冴子が、五十メートルほど先にあるファミリーレストランの看板を指さして、ぶっきらぼうな口調で言った。

「はい？」

三浦は、聞き間違えたのではないかと思って訊き直した。

「腹、減ってんだろ。付き合ってやるよ」

工藤冴子とファミレスに入るのも初めてのことなら、そもそも食事をいっしょにすることと自体がないのだ。

「工藤さん、どうかしたんですか?」

「どうしてだ?」

「だって、工藤さんがファミレスに入ろうだなんて、これまで一度もそんなこと言われたことないし——」

そもそも三浦は、工藤冴子が食事をしている姿を見たことがない。口に何か食べ物を入れるとすれば、携帯用の宇宙食のような栄養健康食品だけである。

「おまえとは家族じゃないからな」

「別にファミレスは、ファミリーでなくても大丈夫ですよ」

「冗談で言ったに決まってるだろ。そんなことよりどうも、まっすぐ会社に戻る気になれなくてな。ともかく、そこのファミレスでひと休みしよう」

時刻は、午後十時半になろうとしている。警察官、特に捜査員は、警察署のことを『会社』と呼ぶ。一般の人に警戒されないための、いわば隠語である。

その工藤冴子と三浦が所属する『会社』の渋谷署に着くのは、車が順調に走れても十二時近くになるだろう。

そんな時間に捜査本部に戻っても、逐一報告しろと言っていた塚田管理官も、常に工藤冴子の動向を気にしている本宮課長も、さすがにもう家に帰っているはずだ。面倒な相手がいないのに、工藤冴子をまっすぐ署に戻らせたくないと思わせているのは、いったい何なのだろう。

「いらっしゃいませ。キャンデーズへようこそ」

捜査車両をファミレスの駐車場に置いて店内に入ると、やたらと元気でマニュアル通りの愛想のいい、赤と白のボーダーの制服を着た若い女の子が出迎えた。

店内をざっと見回した。平日の十時半という中途半端な時間だからだろう、ほとんど客はおらず、がらんとしている。

三浦と工藤冴子は、道路沿いの窓側の席に案内された。

「ご注文がお決まりになりましたら、そちらのボタンを押して、お呼びください」

店員がコールボタンを指し示すと、

「自分は水でいい」

と、工藤冴子が言った。

「はい?」

女の子の店員は、目を丸くして、工藤冴子を見た。

「食べないんですか」

三浦も少し驚いた顔をして訊いた。

「ああ」

「では、ドリンクバーはいかがでしょうか？」

「いや、いい。三浦、早く注文してやれ」

「あ、はあ。じゃあハンバーグステーキセットを――」

三浦もメニューを見て選ぶのは止めて、必ずあるメニューを言った。

「かしこまりました。それでは、ご注文を繰り返します。ハンバーグステーキセットをおひとつ。以上でよろしかったでしょうか？」

「はい」

「では、お水とお手ふきは、あちらにご用意してありますので、ご自由にお取りくださ い」

店の女の子はようやく席を離れていった。

「水とお手ふきを取ってきます」

三浦は店員の後を追うようにして席を立って、さっき店員が手で指し示したほうに行き、二人分の水とお手ふきを手に取って席に戻った。

「どうぞ――」

三浦が、コップに入った水と使い捨てのお手ふきを工藤冴子に差し出すと、

「さっき、どうして自殺した村下刑事のことを、黒沢さんに訊いたんだ?」

と、唐突に訊いてきた。

「どうしてって、単純に不思議だったからですよ。老練な刑事が、そう簡単にノイローゼになんかなって自殺するだろうかって」

「確かに不思議だな……」

工藤冴子は、じっと考え事をしているような顔をして言った。

「ね? 工藤さんもそう思うでしょ?」

「いや、そうじゃなくて――黒沢さんは、丸山恵理子強姦殺人事件を、自分の警察官人生の中でも忘れようにも忘れられない事件のひとつだと言っていたよな?」

「ええ、そう言っていましたね」

それがいったいどうしたというんだろう?

「そんな事件の犯人を村下刑事とふたりで逮捕したというのに、別の署に異動していったからといって、その後一度も会わなくなるものか?」

「もともと仲が悪かったとか――」

「まあ、だとしたら、そう不思議がることでもないか……しかし、それとは別に、ずっとひっかかっていることがあるような気がするんだ」

工藤冴子は、首をゆっくりひねりながら言った。

「ひっかかるって、何にですか？」

三浦が訊き返すと、工藤冴子は「ちっ」と舌打ちをして、

「それがわからないから、考えているんだろ」

と、急に不機嫌な顔になった。

「それでファミレスに寄ろうと思ったんですか？」

「ああ。このまま帰ってひとりになると、ひっかかっていることがあるということ自体を忘れてしまう気がしてな」

工藤冴子は、考えながらそう言ったきり黙りこんだ。

「しかし、あの黒沢さんて人も、なんかヘンですよね……」

少しして、三浦が黒沢の家にいたときのことを、ふと思い出して言った。

「ヘンて何がだ？」

工藤冴子は、上の空で訊いた。

「あの人、竹内彰と小嶋由紀夫が起こした丸山恵理子強姦殺人事件を忘れられない事件の

ひとつだと言っていた割には、工藤さんが小嶋由紀夫が使っていたハンドルネームを覚えていますかって訊いたのに、思い出せなかったじゃないですか。それっておかしくないですか?」

工藤冴子も、そのときのことを思い出しているのか、黙って聞いている。

「だって、黒沢さんは、小嶋由紀夫と竹内彰のふたりを村下さんと取調べしたんですよ? 供述したことを調書にするために、何回も何回も確認しているでしょ。それに十六年前なら、パソコンで使う名前のハンドルネームという言葉は、まだ一般的ではなく珍しかったはずです。なのに思い出せないなんてことありますかね? そりゃ、お歳を召していますから物忘れもするようになったでしょうし、十六年前といえばずいぶん昔ですけど、あんな大事件のことをそうそう忘れるもんですか?」

「――じゃあ、あれも思い過ごしじゃなかったのかな」

工藤冴子がぽつりと言った。

「あれもって、なんですか?」

「おまえ、見ていなかったか? 殺された小嶋由紀夫の部屋の壁に、血文字で〝おとみさん〟と書かれていたと言ったとき、黒沢さんの表情が一瞬だが、さっと変わったのを――」

三浦は、そのときのことを集中して思い出そうとしたが、記憶はあやふやだった。

「もしかすると、あの黒沢って元刑事、何かの事情でとぼけているのかもしれないな」

「とぼける?」

「うん。何故、小嶋由紀夫の部屋の壁に〝おとみさん〟という文字が書かれたのか、知っていてとぼけているんじゃないのかな……」

「どうして、とぼける必要があるんですか?」

三浦がまったく意味がわからず、ポカンとした顔をして訊くと、工藤冴子はうんざりという顔をして言った。

「おまえさぁ、それがわかったら、いちいちおまえに意見を求めないだろうが」

「すみません。でも、ちょっと考えてみたんですけど、〝おとみさん〟というのは、犯人《ホシ》自身のことだという可能性もあるんじゃないですかね。つまり、〝犯人は、おれだ。警察ども、おとみさんであるおれが、だれだかわかるか?〟という——」

「確かに男性器を抉り取るという異常性を見れば、犯人《ホシ》は病的な自己顕示欲の持ち主だとしてもおかしくはない。しかし、自分には、どうもピンとこない。それよりむしろ、予告のような気がしているんだ……」

「予告?」

「ああ。次にこうなるのは、〝おとみさん〟お前の番だぞという――」

「なるほど……」

三浦が感心していると、

「お待ちどおさまでした」

さっきの女の子の店員が、ハンバーグステーキセットを運んできた。

「ハンバーグステーキセットでございます。お熱いので、お気をつけください」

女の子の店員は、相変わらずマニュアルどおりの作り笑顔を見せてテーブルの上に置くと、

「ご注文は、以上でよろしかったでしょうか？」

と念を押した。

三浦は、さっきから愛想だけはいいが、気持ちのこもっていないマニュアルどおりの対応をする女の店員に苛立ちを覚えていた。

「はい、結構です」

三浦も、わざとらしく気持ちのこもっていない答えかたをしたが、女の子はまったく気づかず笑顔を見せて去っていった。

「そういえば、三浦、おまえ、前に聞いてもらいたい話があるって言ってたな。どんな話

だ」

工藤冴子が唐突に訊いてきた。

「え？　僕、そんなこと言いましたっけ？」

「おまえまでとぼけて、どうすんだよ」

「とぼけてなんかいませんよ。僕が工藤さんに聞いてもらいたい話があるって言ったんですか？……」

三浦がハンバーグステーキセットを食べる手を休めて言うと、

「丸山恵理子の父親の家から帰る車の中で言ったろ」

そう言われて、ようやく思い出した。

「ああ、はい。でも、もういいです」

「付き合ってる彼女のことなんじゃないのか」

三浦は、驚いて思わず食べる手を止めて、工藤冴子の顔を見た。

「どうしてわかったんですか？」

「おまえは、この店の女の子にイライラしていた。しかし、彼女だって、したくてしているわけじゃない。マニュアルどおりにやらされているだけだ。そんなことくらい、おまえだってわかっているはずだ。なのにイライラを隠せない。あの若い子に、自分の彼女を重ねて見ているからじゃないか――ふとそう思っただけだ」

驚いた。無意識にそういう感情が出ていたのかもしれない。今更ながら、工藤冴子の観察眼には舌を巻く。

「工藤さん、丸山恵理子の父親に会いに行ったとき言いましたよね。高瀬さんを殺した犯人の外村真二が刑務所から出てきたら、自分も復讐しようと思うって」

「なんだよ、話したくないんなら、いいよもう」

「あ、いや、そうではなくて――僕の彼女も同じ気持ちなのかなと思って……そのことが、ずっと気になっていたものだから」

「どういうことだ?」

工藤冴子は、怪訝そうな顔をして三浦の顔をその大きな瞳でじっと見つめて訊いた。

「実は今から四年前、僕が逮捕しようとして追いかけた強盗犯が、走ってきた車に轢《ひ》かれて事故死したんですが、その強盗犯の妹が、僕の彼女なんです――」

三浦は、未央との出会いからこれまでのことをかいつまんで工藤冴子に語った。

「で、その彼女といっしょにいると殺意でも感じるっていうのか?」

工藤冴子は、本気とも冗談とも取れない物言いで訊いてきた。

「まさか――」

三浦が苦笑すると、

「じゃあ、何が問題なんだ?」

工藤冴子は、まじめな顔をしている。

「自分の兄を死なせてしまった僕のことを、彼女は本当は心の中では恨んでいるんじゃないかって――」

三浦は、工藤冴子の顔をまともに見ることはできなかった。

「おまえの彼女の代わりに訊いてやるんだけどさ」

「え?」

工藤冴子の言葉に思わず顔を上げると、工藤冴子は嘘などついたら許さないという厳しい目つきをして言った。

「彼女が、自分の彼氏になってくれと言ったとき、おまえがそれを受け入れたのは別に彼女のことが好きだからじゃなくて、兄を死なせてしまったという贖罪《しょくざい》の意識からだったんじゃないのか?」

三浦は、胸を突かれた。

「彼女はわかっていたんだよ。おまえのそういう気持ちを――」

「確かに、最初は贖罪の気持ちが強かったと思います。だけど、何度か会っているうちに、僕は彼女のことを守りたいと、心からそう思うようになっていったんです」

「そのことを彼女に言ったのか？」

「いえ、それは——」

「だったら、そのことをちゃんと言葉にして言ってやれ。それでもうまくいかないようだったら、別れればいいだけのことだろ」

工藤冴子は、あっさり言った。

「別れればいいだけのことだなんて、そんな簡単に言わないでくださいよ。彼女は工藤さんみたいに強くないんですから」

三浦が困った顔をして言うと、

「馬鹿か、おまえは——」

工藤冴子は呆《あき》れた顔をして、

「この世に弱い女なんていないんだよ」

と断言した。

（だから、みんなあんたみたいな人ばかりじゃないって——）

三浦が心の中でそう思っているのを、工藤冴子は見透かしたかのようにまじめな顔をしてつづけて言った。

「弱いと思っていた女が強くなるときは、愛する男を亡くしたときだ。だけどな、女がいくら強くなっても、決して幸せになんかなれないんだ。女は弱いと思われているうちが華なんだよ」

工藤冴子自身の経験から得た言葉だからだろうか、妙に胸に響いた。

そして、そう思いながら見ているからだろうか、工藤冴子の顔は険《けん》の取れた、憂《うれ》いを含んだ寂しげでやさしい表情をしていた。

翌日の午前十時、渋谷署の四階にある捜査本部は、深川署の協力を得て、『パークサイド神泉・レジデンシャル木場マンション殺人事件合同捜査本部』と名称を改めて、正式な会議が行われた。

「それでは、これより合同捜査会議を行う——」

渋谷署の警察官に深川署の捜査員三名が加わった三十名弱の人数が集められた中、正面に座っていた渋谷署の佐々木署長が声を上げた。

捜査本部長の佐々木署長の右隣には、引き続き捜査主任を任う塚田管理官、その隣には本宮課長、佐々木署長の左隣には深川署の猪瀬課長が座っている。

そして、本宮課長の隣には、渋谷署の鑑識課長の三田村が座っているが、深川署の鑑識課長の姿はない。

合同捜査本部といっても、投入される人員の規模が殊更大きくなるということはなく、せいぜい数名増えるくらいのものなのだ。

どこの警察署も次から次に起きる犯罪捜査に手いっぱいというのが現状で、とても他の警察署が主体となって行っている捜査に人員を提供する余裕などないからである。

かといって、警視庁からの要請とあらば断るわけにもいかない。深川署が派遣してきたのは三名だが、そのうちのひとりは最初に顔だけ出して署に戻る猪瀬課長で、他のふたりは刑事になったばかりと思われる二十代の若い男たちだ。経験を積ませるためである。

佐々木署長のひと言を受けて、塚田管理官が話しはじめた。

「昨日、江東区東陽二丁目のマンション『レジデンシャル木場』四〇五号室で発見された小嶋由紀夫の殺害方法は、ちょうど二週間前の五月十四日、渋谷区神泉二丁目のマンション『パークサイド神泉』三〇四号室において刺殺体で発見された竹内彰の殺害方法とほぼ同じである点、さらにこのふたりは、今から十六年前に練馬区で起きた丸山恵理子という幼稚園教師を強姦した挙句《あげく》にナイフで殺害するという残虐な犯行に及んだ犯人であるという共通点がある。これらのことから、小嶋由紀夫と竹内彰の殺害は同一犯による連続殺人である可能性があると同時に、十六年前に彼らが起こした事件の周辺にいた人物による犯行の可能性が極めて高いと考えられる。なお、これまでわかっていることは、手元の捜査資料にまとめてあるが、特に重要と思われる点、そして最新の情報をそれぞれの担当者から報告してもらう」

塚田管理官がイスに座ると、隣にいる本宮課長が口を開いた。

「ではまず、渋谷署刑事課強行犯二係、竹内彰殺害事件について、最新の報告をしてくれ」

「渋谷署、北村です——」

最前列に座っている北村係長が立ち上がってつづけた。

「竹内彰が殺された当日の午前一時ごろ、マンション及び、付近の住人に不審な人間を見なかったか聞き込みを続けましたが、未だ不審者を見たという目撃証言は得られておりません。不審者の目撃者探しは、今後も範囲を広げて続行します。そして、第一発見者の石田和臣のアリバイですが、石田はその日の夜、竹内彰が経営していたボーイズバー『ルーキーズ』の閉店時間の午前四時まで店で接客していたという確認が取れました。また、殺害現場の部屋から採取されたマルガイ以外の四種類の指紋ですが、だれのものかすべて割れました。ひとつは、石田和臣のもので、もうひとつはルーキーズの店長、梶原光一《こういち》のものでした。この梶原も当夜は、ずっと店にいたのでアリバイは成立しています」

そこまで言うと、北村係長は、近くにいる坂野にアイコンタクトして席に着いた。

と、今度はアイコンタクトを受けた坂野が立ち上がった。

「渋谷署、坂野です――現場に残されたあとのふたつの指紋は、竹内彰と肉体関係があった女のものでした。ひとつは、永友《ながとも》ゆかり、二十二歳、無職です。この女のアリバイですが、事件当夜のマルガイの死亡推定時刻に、もうひとつの指紋の持ち主である岩村美香《いわむらみか》、二十歳、同じく無職と渋谷センター街をうろついていたということだったので、裏取りをしたところ、複数の目撃証言を得ることができました」

「つまり、全員シロということだな」

塚田管理官が念を押すと、

「はい。そういうことになります」

と、坂野は答えて席に座った。

そして、坂野の隣にいた田端が立ち上がって、

「渋谷署の田端です。当初、竹内彰殺害の犯人《ホシ》ではないかと疑い、任意で事情聴取を行った小泉彩の兄の小泉秀彦ですが――」

と言おうとすると、

「あの男もシロだろ」

塚田管理官が、遮るように呆れた顔をして言うと、聞こえよがしに大きなため息をついて、

「いいかね。さっき、わたしはなんて言った？　竹内彰、小嶋由紀夫、このふたりの殺人は、同一犯による連続殺人の可能性が極めて高い。そして、その犯人《ホシ》は、殺されたふたりが十六年前に起こした丸山恵理子強姦殺人事件の周辺にいた人物の可能性が極めて高いと言ったはずだ。小泉秀彦は、その事件とはなんの関係もないだろ」

バン！――と、机を叩きつけた。

「失礼しました！……」

歌舞伎の女形を思わせる風貌の田端は、顔色を失くしてそう言うと、頭を下げて席に着いた。

会議室は波を打ったように静まり返り、張りつめた空気に包まれた。

「次――」

塚田管理官が静寂を突き破るように言った。表情は変わらないように見えるが、机を叩いたり、声を荒らげるなどはじめてだ。遅々として進まない捜査状況に、腸が煮えくりかえる思いをしているのだろう。

本宮課長が受ける形で、口を開いた。

「工藤と三浦、おまえたちふたりは、昨日、十六年前に竹内彰と小嶋由紀夫を逮捕・取調べをした練馬署の元刑事に会ってきたんだったな。報告してくれ」

いつも会議室のうしろの窓側の席にいた工藤冴子が立ち上がった。

「小嶋由紀夫が殺された自宅の壁にあった〝おとみさん〟の血文字のことで、十六年前に殺されたふたりを取り調べた黒沢という元刑事に尋ねてみたんですが、まるで心当たりがないということでした。今のところは以上です」

「それだけか？」

拍子抜けした顔で本宮課長が訊くと、

「それだけです」

工藤冴子は、黒沢元刑事の言動にひっかかりを持っていることやいっしょに取調べをしたもうひとりの刑事で、二か月前に自殺した村下のことは話さないつもりのようだ。

「工藤、君の勘とやらは外れたということか？」

テーブルの上にひじをつき、両手を鼻の辺りで合わせている塚田管理官が銀縁の奥にある爬虫類を思わせる目で、工藤冴子を見据えるようにして訊いた。

「そうかもしれませんし、そうではないかもしれません」

「どういうことだ？」

会議室の空気が再び張りつめたものになってきた。塚田管理官がまた怒り出すのではないかと、全員が気が気ではないのだ。

「まだどっちともわからないということです」

工藤冴子もそんな空気は肌で感じているはずだが、一向に気にするふうもなく、むしろ挑発するかのような物言いで答えた。

「ではまだ〃おとみさん〃が何者か、捜査を続けるということか？」

「そのつもりです」

塚田管理官は、しばしの間、じっと工藤冴子を見つめていたが、ふと視線を外して、

「ま、いいだろ。では、昨日の小嶋由紀夫殺害について、これまでわかっていることを深川署から報告してもらおう」

と言った。

「深川署刑事課の猪瀬です――」

佐々木署長の隣にいた猪瀬課長が、座ったまま資料を読み上げた。

「昨日の段階では、小嶋由紀夫の死亡推定時刻は、午後十時から零《れい》時の間と思われていましたが、司法解剖の結果、一昨日の午後十一時前後と判断されました。死因は、鋭利な刃物で心臓を刺されたことによる失血死です。室内から採取された指紋は、全部で五種類あ

りましたが、特定には至っておりません。ちなみに壁にマルガイの血で書かれていた〝おとみさん〟の文字痕からは指紋や繊維痕もなかったことから、おそらく犯人は革手袋のようなものをして書いたのだろうと思われます。また、マンション入り口に防犯カメラが設置されておりましたので、管理会社を通じて、一昨日一日の防犯カメラに映っている映像を提供してもらい、不審者がいないかどうか確認いたしましたが、特に怪しい者はおりませんでした。ただし、非常階段の出入り口は玄関とは反対側にあり、防犯カメラは設置されていないので、犯人《ホシ》はそこから出入りした可能性があります。また、死亡推定時刻の午後十一時前後、現場となった小嶋由紀夫宅から物音や争う音が聞こえなかったかどうか、マンションの住人に聞き込みをしましたが、こちらも有力な情報は得られておりません」

猪瀬課長がひと息つくと、塚田管理官がすかさず、

「第一発見者の、小嶋由紀夫の情婦だという田淵真由美からは、その後事件に結び付くようなことは何か聞けたのか？」

と訊いた。

「いえ、特には――」

塚田管理官は腕組みをしながら天を仰ぐようにして、しばし考えをまとめているような仕草をすると、正面を向いて、

「いいか、もう一度言う。竹内彰と小嶋由紀夫、このふたりの殺害は十六年前の丸山恵理子強姦殺人事件に関係した者による連続殺人事件と見て、まず間違いないだろう。よって、ここ最近、竹内彰と小嶋由紀夫の周辺に十六年前の事件に関係した人物の影がなかったかどうか徹底的に洗うんだ。いいな」

と語気を強めて言った。

「はい」

集められた捜査員たちは、いっせいに声をそろえて返事した。

「以上、解散！」

塚田管理官のその声とともに、捜査員たちは立ち上がり、我先にと会議室から出ていった。

会議室を出た三浦と工藤冴子は、すぐに捜査車両に乗って、再び丸山恵理子の父親の家を訪ねてみることにした。〝おとみさん〟という、あの謎のメッセージに心当たりがないかどうか確認するためである。

練馬区桜台にある丸山恵理子の実家の近くまで来ると、ちょうど昼食時になろうとしていた。

「昼食時に行くのは失礼だ。自分たちもそこらで、腹ごしらえしておくか」

助手席の工藤冴子が、腕時計を見ながら言った。ブルガリのレディース用のもので、五十万円以上する高級品だ。

そんな高価な腕時計をしているにもかかわらず、工藤冴子はいつものように携帯している宇宙食のようなゼリー状の栄養健康食品で済ますつもりなのだろう。

「そこのコンビニに止めていいですか？」

「ああ」

三浦はウィンカーを上げて、道路沿いのコンビニ店の前にある駐車場に車を停めた。

「工藤さんは、何もいらないんですよね？」

エンジンを切り、シートベルトを外しながら、これもまたいつもの決まり文句で工藤冴子に訊いた。

「今日はマンゴー味だ」

工藤冴子は、子供のようにうれしそうな顔をして上着のポケットから、いつも口にしている栄養健康食品を取りだして見せた。

十数種類の違った味があるそうだが、それにしてもよく飽きないものだ——三浦は、感心するやら呆れるやらしながらコンビニ店に入っていった。

そういう自分も、昼食はだいたいコンビニの弁当で済ましていることに気づいて苦笑いを浮かべた。

しかし、コンビニは各社いろいろあるし、弁当の種類も豊富で、次々と新商品が開発されているから、同じものを食べすぎて嫌になるということはない。

三浦は、弁当コーナーにまっすぐに向かい、おかずがなるべくバラエティーに富んでいて、食べたことのない新商品の幕の内弁当を手に取った。

レジに弁当を持っていくと、必ず、「温めますか?」と店員に訊かれるが、三浦はいつも断ることにしている。

一度温めてもらったことがあるのだが、漬物まで温かくなっているのが、我慢ならなかったし、全体を温めることによって、くっついて並べられているおかず同士の味が混じってしまうからだ。

幕の内弁当とペットボトルに入ったお茶を買って捜査車両に戻ると、工藤冴子は三浦がくるのを待っていたのか、手に持っていたいつものチューブ状の袋に入った栄養健康食品の口を切った。

「工藤さん、いつも同じパンツスーツ着ていますけど、何着も同じものを持っているんですか?」

三浦はファッションに興味があるわけではないが、口にするものといい着るものといいいつも同じなのでずっと不思議だったのだ。

「十着くらいあるかな。伸縮性のある破れにくいデニムの生地で作ってもらっているんだ」

「オーダーメイドってことですか？　ってことは、一着作るのに結構するんじゃないですか？」

「安くはないな。しかし、いつ走り回ることになるかわからないし、ときには犯人《ホシ》と取っ組み合いにもなるだろ。だから服やパンツは、動きやすくて丈夫にできているほうがいいからな」

「そのスニーカーだって、イタリアのフェラガモですよね？」

上下黒のスーツに合わせているのだろう。スニーカーも黒だ。ぱっと見は普通の革靴に思えるが、四万円弱もするものだ。おそらく履き心地も抜群だろう。

「いろんなとこ見てんねぇ？　信吾ちゃん、もしかして、冴ちゃんに惚れたか？」

工藤冴子は小悪魔的な笑みを浮かべている。

「バカ言わないでくださいよ。何が、冴ちゃんですか。ブルガリの腕時計といい、フェラガモのスニーカーにオーダーメイドのスーツといい、そういうことにはずいぶんお金をかけるのに、どうして食べ物は味もそっけもない栄養健康食品しか口にしないのか前から不思議でしょうがなかったんですよ」

「おまえ、断食ってやったことあるか?」

「いえ、ないです」

「一度やってみな」

「嫌ですよ、苦しそうだし——」

「苦しいのは、最初の三日だけだ。四日過ぎたあたりから、五感が研《と》ぎ澄まされてくるのがわかるようになる。要するに、空腹になると人は外的から身を守ろうとするようになるんだろうな」

「だから、食べないんですか……」

確かに刑事は、危険と隣り合わせの職業である。しかし、だからといって、常に空腹にして神経を張り詰めさせていては身が持たないし、三浦はとてもそこまでストイックにはなれない。

工藤冴子をそこまで駆り立てているのは、やはり婚約者だった高瀬が刺し殺される現場を目《ま》の当たりにしたからなのだろう。

「ところで、工藤さんは塚田管理官のこと、どう思います?」

「どう思うって、どういう意味だ？」

工藤冴子は、興味なさそうに訊き返した。

「いや、キャリアなのに話がわかる人だなあと思ったもんですから」

「なんか話、したのか？」

「個人的な話なんかもちろんしたことありませんけど、工藤さんがやろうとする捜査についてとやかく言わないじゃないですか」

「こっちのやろうとしていることが、間違っていないからだろ」

工藤冴子は、にべもない。

「そりゃそうかもしれませんが、キャリアのエリートって、もっと融通が利かないというか、ヘンに威張ってばかりいるのかと思っていたんだけど、塚田管理官は婿《むこ》養子だからですかね、そんな感じしないと思いませんか？」

「婿養子？　だれから聞いたんだ？」

「トイレで、だれかがそう言っているのを聞きました」

「なるほどな。そりゃ、犯人《ホシ》を早いとこ挙げなきゃならんわな」

「どう関係あるんですか？」

「どうせ、警察の偉いさんの娘をもらったんだろうから、いいとこ見せとかないとまずいんじゃないのか」

くだらない――工藤冴子の物言いには、そんなニュアンスが込められている。

「そんなことより、まだおまえに答えてもらっていないことがあったな」

「は？」

工藤冴子は、ときどきこうして人が忘れているようなことを唐突に訊いてくることがある。

「どうして警察官になろうと思ったんだ？」

思い出した。渋谷署に初出勤した、その日に工藤冴子に訊かれたのだが、馬鹿にした口調で言われたことに腹を立てて答えなかったのだ。

「笑われるかもしれませんが、公務員で安定していますからね。だけど、ただの区役所とかの地方公務員よりやりがいありそうだし、そういえば子どものころ、悪いやつを捕まえる刑事に憧れていたしなあって――そんな感じです」

「最初に訊いたときに答えなかったのは、笑われると思ったからか？」

工藤冴子は、少し驚いた顔をしている。

「だって、工藤さん、人を試すような口調だったから」

「ふーん、そりゃ悪かったたな。ま、警察官になった動機なんて、大方似たようなもんだろ。だれかがとやかく言えるもんじゃない」

「じゃ、工藤さんも公務員がいいなと思って警察官になったんですか？」

「自分の場合は、親戚に警察官が多かったということが大きいかな」

「親とか親戚が警察官だって人、確かに多いですよね」

「親や親戚に教師が多ければ、教師になる人間が多いのと同じで、生まれ育った環境の影響って大きいんじゃないか」

「だけど、おれ、最近、自分が刑事に向いてないんじゃないかと思うときがあるんですよ」

「向いてると思って、刑事やってるやつなんかいるかよ」

工藤冴子は、呆れた顔をしている。

「工藤さんは向いてると思ってるんじゃないんですか？」

工藤冴子の意外な言葉に、三浦は思わず箸を止めた。

「バカ言うな。人を見たら何か悪いことをしているんじゃないかと疑う。同じ職場の同僚さえも信じることができない。世間の人に刑事だと知られれば疎《うと》んじられ、家族にも仕事のことを話せない。休日だって、あってないようなものだ。おまけに安給料ときている。こんな仕事に向いているやつが、どこにいるっていうんだ？」

工藤冴子は、まるで何回も何回も繰り返して練習したかのように、淡々と詰まることなく語った。

その言葉ひとつひとつが、まったくそのとおりで反論の余地などまるでない。

「なのに工藤さんが、刑事をつづけていられるのは、なんなんですか？」

素直に教えてもらいたいと思ったことだった。

そんな三浦に工藤冴子は、

「身勝手な理由で、罪を犯すやつらが憎いからだ。特に、人の命を簡単に奪うやつは絶対に許さない」

と、何かに憑《つ》かれたような目つきをして言った。

婚約者だった高瀬を殺した外村真二のことを、工藤冴子は今も心の底から憎んでいるのだ。

車内に重苦しい沈黙が、しばらくつづいた。

と、そんな空気を振り払おうとするかのように、工藤冴子が、

「そんなことより、彼女にちゃんとおまえの気持ちを伝えたのか？」

と訊いてきた。

「あ、それが——昨日は夜勤で、まだ顔を合わせてないんです」

嘘だった。いや、夜勤で顔を合わせていないのは本当なのだが、昨日マンションに帰ると、リビングの食卓テーブルに書き置きがあったのだ。

手に取って見ると一枚の便箋に、

『いろいろと考えたいことがあるので、しばらく友達のところにいます。心配しないでください。考えていることがまとまったら、きちんと会って話しますので、それまでは連絡はしないでください』

と書かれていた。

三浦は、驚いたことは驚いたが、どこかでそうなることを予想していた自分がいるような気もしたのだった。

（好きにすればいい……）

三浦はそうつぶやき、正直なところ、顔を合わせれば未央がどんな気持ちで今いるのかを考えてしまう暮らしに疲れてもいた。

もしかしたら、以前、工藤冴子に指摘されたとおり、未央を自分の彼女にしようと思ったのは、未央の兄を死なせてしまったという贖罪の気持ちからだけでしかなかったのではないか？　守りたいと思うようになったというのは詭弁《きべん》だったのではないか？――三浦は、今になってそんな気持ちになっていたのだった。

「おまえ、ほんとに顔に出るやつだな」

三浦がレジ袋に空になった弁当箱を片づけて、ペットボトルのお茶を飲み終えると、工藤冴子が薄い苦笑いを浮かべて言った。

「どういう意味ですか。僕、嘘なんかついていませんよ」

三浦がむきになって言うと、

「ふーん。それならそれで結構毛だらけだ——さ、そろそろ行くか」

と、工藤冴子は腕時計を見て言った。

三浦も自分の腕時計を見ると、一時近くになっていた。

「はい——」

三浦は釈然としないまま、エンジンをかけた。

コンビニエンスストアの駐車場から幹線道路に出てしばらく走り、見覚えのある住宅街に入る道に曲がると、すぐに丸山恵理子の父親の家が見えてきた。

そして家の前で車を停めた三浦が、玄関のチャイムを押すと、少しして、

「はい。どなたさまですかな」

丸山恵理子の父親の声が玄関の内側から聞こえた。

「先日、うかがった渋谷署の三浦と工藤です」

三浦が言うと、丸山恵理子の父親の慌てた様子が伝わってきて、すぐに入り口のドアが開かれた。

「どうぞ――」

気のせいだろうか、丸山恵理子の父親は、先日会ったときより若返ったように三浦には思えた。

「小嶋由紀夫が殺されたことは、もうご存じですよね？」

リビングの横の和室にある、恵理子とその母親の遺影が飾られている仏壇に手を合わせてから、リビングに戻ってソファに座った工藤冴子が言った。

「はい」

丸山恵理子の父親は、興奮を抑えきれない様子で、顔を紅潮させている。

「どう思いました？」

工藤冴子が訊いた。

「え？」

丸山恵理子の父親は、きょとんとした顔を向けた。

「二週間前には、竹内彰が殺され、今度は小嶋由紀夫――恵理子さんを殺した男ふたりが、相次いで何者かによって殺されたことについて、どう思いますか？」

工藤冴子は、丸山恵理子の父親の顔をまっすぐに見つめている。

丸山恵理子の父親は、その工藤冴子の視線をしっかり受けて、

「奇跡が起きた——そんな思いです。こんなことが起きるなんて、本当に信じられません。いったいどこのだれが、娘の仇《かたき》をとってくれたのか……その人に心から礼を言いたい気分です。しかし、警察のおふたりの前で口に出して言うべきことではないかもしれませんが、その人に礼を言える日がこないことを、わたしは願っています」

と、しっかりとした口調で答えた。

「丸山さん、あなたのお気持ちは痛いほどわかります。しかし、自分たちは犯人を捕まえなければならない。わかっていただけますね？」

「ええ、それは——」

丸山恵理子の父親は目を伏せた。

「これから言うことは、まだ一般には報道されていないことですが、正直に答えてください。小嶋由紀夫が殺された部屋には、小嶋由紀夫の血を使って、犯人が書いたと思われる〝おとみさん〟というひらがなの文字が壁にありました。丸山さん、その〝おとみさん〟という文字に何か心当たりはないですか？」

丸山恵理子の父親は驚いた表情をして顔を上げると、何かを思い出そうとするように宙

をぼんやりと見つめた。

「心当たりがあるんですね？」

工藤冴子が念を押すと、

「ちょっと、待っててください」

丸山恵理子の父親は、慌ててソファから腰を上げてリビングから出ていった。

「どうしたんですかね？」

三浦が、丸山恵理子の父親の姿が見えなくなるのを待って、小声で工藤冴子に訊いた。

「何か心当たりがあるようだな……」

階段を上っていく足音が微かに聞こえている。丸山恵理子の父親は、二階の部屋に向かっているようだ。

五分ほどして、丸山恵理子の父親がリビングに戻ってきた。手に二冊の大学ノートを持っている。

「これは、裁判を傍聴しに行ったときにつけていたノートです」

丸山恵理子の父親は、テーブルに置いてあった老眼鏡をかけて一冊のノートをめくりはじめた。

「あれは、小嶋由紀夫が最終意見陳述を述べたときだったから、最後の第二回公判のときだな――ああ、あった、あった。これを見てください」

丸山恵理子の父親は開いたノートを三浦と工藤冴子の前に差し出した。

「あいつは、強姦と殺人は認めましたが、娘に乱暴したのは、自分と竹内のふたりだけじゃない。もうひとり〝おとみさん〟と名乗っていた男がいたと叫んだんです」

丸山恵理子の父親が差し出したノートには、興奮していたのだろう、読みにくい震えた文字で、そのときの様子が書かれており、確かに〝おとみさん〟という文字もあった。

「工藤さん――」

三浦もまた興奮を抑えきれず、隣にいる工藤冴子に声をかけた。

が、工藤冴子は三浦のほうを見ることなく、

「竹内彰はどうだったんですか？　竹内も〝おとみさん〟という男の存在を訴えたことはありませんでしたか？」

と、丸山恵理子の父親に迫った。

「いや、それは覚えがない……えーと、こっちが、竹内彰の裁判を傍聴したときにつけたノートです。しかし、あの竹内はそんなことは言っていないはずだ――」

丸山恵理子の父親は、外していた老眼鏡を再びかけて、もう一冊のほうのノートをめくって確認しはじめた。

三浦と工藤冴子は、丸山恵理子の父親の様子を見守った。

丸山恵理子の父親は、指で文字を追ってはページをめくるという動作をしばらく繰り返していたが、とうとう最後のページを見終えるまで、その指を止めることはなかった。

「やはり、小嶋由紀夫は言っていますが、竹内彰は、〞おとみさん〟という男の存在を裁判では言っていませんね」

見ますか?――そう言いたげに、丸山恵理子の父親は、見ていたノートを三浦と工藤冴子の前に差し出した。

三浦が、差し出されたノートに書かれた文字を目で追いはじめると、

「丸山さん、あなたは、この〞おとみさん〟という男が実在し、竹内と小嶋が犯した犯罪に絡んでいたと思いますか?」

ノートには目もくれない工藤冴子が、冷静な口調で丸山恵理子の父親に訊いた。

丸山恵理子の父親は、工藤冴子から目を逸らすと、

「それは、わたしにはわからない。いや、いて欲しくないというのが本当のところです。だって、そうでしょ? そんなやつがいたのに、裁かれなかったということになる。そんなこと許されますか?」

と、最後は工藤冴子と三浦を睨みつけて言った。

「そういうことなのかもしれませんね」

工藤冴子は、自分を納得させようとするかのように言った。

「そういうことって?」

三浦が思わず尋ねた。

「竹内彰と小嶋由紀夫を殺した犯人《ホシ》は、丸山恵理子さんを強姦し、殺害した犯人は竹内と小嶋の他にもうひとり、〃おとみさん〃と名乗っていた人間がいたんだということをアピールするために、殺害現場の壁に血文字を書いたんじゃないのかな……」

「なるほど。そうか——」

三浦が言うと、

「しかし、なんだって今になってそんなことを……」

丸山恵理子の父親は、茫然としながらつぶやいた。

「謎は、そこです。その謎を解くためにも、丸山さん、男でも女でも結構です。生前、恵理子さんと親しかった人を教えていただけませんか?」

工藤冴子が頼み込むと、丸山恵理子の父親は少しの間、迷ったそぶりを見せていたが、立ち上がって、

「恵理子が使っていた手帳があります。その手帳の住所録に、親しくしていた人たちの名

前と連絡先が書かれています」

と言って、再びリビングから二階へ上がっていった。

「これです――」

しばらくしてリビングに戻ってきた丸山恵理子の父親が、工藤冴子の目の前に差し出したのは、使い古されたピンク色の表紙のシステム手帳だった。

「ありがとうございます。これ、しばらくお預かりしていいですか？」

「どうぞ。でも、刑事さん、その〝おとみさん〟という男が、もし本当にいて娘の事件に加担していたとしたら、必ず捕まえてくださいい。お願いします」

丸山恵理子の父親は沈痛な面持ちで頭を下げた。

「全力を尽くします――またなにかありましたら、ご連絡してうかがいます。では、今日はこれで失礼します」

ソファから立ち上がった工藤冴子と三浦は玄関に向かった。

「これからどうします？」

丸山恵理子の家の前に停めていた捜査車両に乗り込んだ三浦が、助手席にいる工藤冴子に訊いた。

工藤冴子は、丸山恵理子の父親から預かった、生前に恵理子が使用していた手帳の住所録をじっと見つめている。

「やっぱり、おかしいな……」

工藤冴子が、住所録から顔を上げて言った。

「何がですか?」

「練馬署の元刑事だった黒沢だよ」

「──あっ……」

三浦は、言われてようやく気づいた。

「丸山恵理子の強姦殺人の現場に、〝おとみさん〟と名乗る男がいたとしたら、小嶋由紀夫は取調べに当たった黒沢刑事にも、〝おとみさん〟のことを言うはずですよね?」

「なのに、黒沢は、すっとぼけた……」

「どうしてなんですかね?」

「わからない。供述調書にも〝おとみさん〟という言葉が、一度も出ていないのも、どういうことなのか……」

「これから黒沢の家に行って、問い質しますか?」

今になって思い返すと、黒沢の言動はひっかかることばかりなのだ。

「いや、その前に東京地検に行こう」

「東京地検？」

「ああ。丸山恵理子の父親を信用しないわけじゃないが、公判記録を閲覧して確認してから、黒沢に会おう」

「わかりました」

三浦は、捜査車両のエンジンをかけた。

車が走り出すと同時に、工藤冴子は携帯電話を取り出して、丸山恵理子の手帳の住所録にある人の連絡先に片っ端からかけはじめた。

だが、ほとんどは繋《つな》がらないようで、すぐに次の人の連絡先の番号を押すということを繰り返している。なにしろ、事件から十六年という月日が経っているのだ。当時、二十六歳だった丸山恵理子も生きていれば、四十二歳になっている。彼女が親しくしていた人たちの住んでいた場所も、電話番号が変わっていてもおかしくはない。むしろ自然なことだ。

「どうでした？」

霞《かすみ》が関《せき》の東京地検が見えてきたところで、電話をかける手を休めた工藤冴子に三浦が訊いた。

「ほとんど全滅だ。電話が繋がったのは四人いたが、それほど親しい間柄じゃなかったようだ。口々にあの事件のことは、もう忘れたいと言われた」

「そうですか……」

東京地方検察庁には、関係者以外の人間が車を停めることができる駐車場はない。三浦は、庁舎近くのコインパーキングを探しながら周辺をぐるぐる回り、ようやく一台空いている場所を見つけて捜査車両を入れた。

車から降りると、さっきまで曇っていた空が、梅雨の晴れ間というやつだろう、真夏のような真っ青な快晴の空になっていた。

三浦と工藤冴子が東京地検に着くまで五分とかからなかったが、庁舎に入ったころには、ふたりとも額にうっすらと汗が浮かんでいた。

東京地検の公判記録の閲覧室は十五階にある。ふたりは、エレベーターに乗って目指した。

閲覧室に着くと、保管検察官に対して身分証明書を見せ、なんの公判記録を閲覧したいのかを申し込み用紙に書き、一件につき百五十円の手数料を支払わなければならない――三浦は、その手続きを済ませた。

閲覧室は思いのほか広く、大勢の人がいる。だが、みんな黙々と公判記録に目を通している人たちばかりで、不気味なほど静かだ。

しばらくすると、さきほどの保管検察官が、三浦が申し込んだ公判記録が入ったプラスチック製の箱を運んできた。

「どうも——」

三浦は、その『練馬三丁目幼稚園教師強姦殺人事件』の公判記録を持って、空いている近くのテーブルに運んでいった。

公判記録はコピーすることはできない。むろん持ち出しも禁止である。必要だと思うところをメモするしかない。

「小嶋由紀夫が、〝おとみさん〟の存在を言ったという、第二回の公判記録から見てみますか?」

工藤冴子に顔を近づけて小声で訊いた。

「ああ——」

答えた工藤冴子の髪から、かぐわしいシャンプーの匂いがして、三浦はどきりとした。

いつも捜査車両では隣の助手席にいる工藤冴子だが、こんなに接近したのは考えてみるとはじめてだ。

「なにしてる?」

プラスチック製の箱から公判記録を取り出そうとしないでいる三浦を、工藤冴子は黒目勝ちの大きな瞳で、じっと見て言った。

「あ、いや——」

三浦は、プラスチック製の箱から四冊の公判記録をテーブルの上に取りだして、『練馬三丁目幼稚園教師強姦殺人事件・第二回公判』と書かれた記録を広げた。

「丸山恵理子の父親の話だと、小嶋由紀夫が〝おとみさん〟のことを言いだしたのは、最終意見陳述のときだったということだから最後のほうですね——あ、あった！　ありました！」

三浦は、公判記録の後半部分を指差して、興奮を堪えて小声で言った。

そこにあった文面は、こうである。

裁判長『それでは、被告人、これで審理は終えますが、最後に裁判所に言っておきたいことはありますか？』

被告人『はい。丸山恵理子さんを刃物で脅し、バンブーと名乗った竹内彰と強姦して自分がナイフで殺しました。だけど、強姦したのは、竹内とおれの他にもうひとりいました。〝おとみさん〟て名乗っていた、おれたちと同い年くらいのやつです。そいつもネットで知り合いました。そいつだけ裁判にかけられないなんて不公平です。そいその〝おとみさん〟て名乗ったやつも逮捕して、おれたちと同じように裁判してください。お願いします』
裁判長『検察官、弁護人、被告人が今述べたことは知っていましたか?』
検察官『いいえ。被告人は警察の取調べの中でも、そんなことは一切言っていませんでした。自分の罪を軽減するための虚偽の発言だと考えます』
被告人『嘘だ。何度も言ったよ。だけど、警察はまるで取り合ってくれなかったんだ!』
裁判長『被告人、静かに。弁護人は、どうですか?』
弁護人『弁護人としての発言は控えます』
裁判長『被告人、訊かれたことだけに答えるように。被告人は、インターネットの掲示板で知り合った竹内彰と共謀し、幼稚園教師の丸山恵理子二十六歳を無理やりレンタカーに連れ込み、強姦したことに間違いありませんか?』
被告人『だから、それは認めるけど、もうひとりいたって言ってるだろ。そいつは、ハンドルネーム、〝おとみさん〟て名乗ってたんだ。そいつも捕まえて裁判しろよ。じゃないと不公平だろ!』
裁判長『被告人、静粛に』
被告人『本当なんだ。本当なんだよ!』
裁判長『閉廷します』

そして、一週間後、小嶋由紀夫は裁判長によって、強姦殺人罪で懲役十五年の実刑判決を言い渡されるのである。

しかし、実際のところは十三年で仮釈放になるのだが――。

「竹内彰の最終意見陳述は、どうなってる?」

工藤冴子が興奮気味に言った。

「はい。竹内彰の公判記録は……あった――」

三浦は、テーブルの上に置かれた『練馬三丁目幼稚園教師強姦殺人事件』の公判記録四冊の中から、竹内彰が被告人になっている第四回公判記録を見つけて広げた。

「最終意見陳述は、ここですね――」

三浦が指で文面を指示した。

裁判長『被告人、審理を終えますが、最後に裁判所に言っておきたいことはありますか?』

被告人『はい。丸山恵理子さんにあのような暴行を働いたこと、小嶋由紀夫が彼女を殺そうとしたとき、すぐそばにいたにもかかわらず、気が動転していたとはいえ、止めることができなかったことをとても悔やんでいます。今はただ、亡くなられた丸山恵理子さんのご冥福をお祈りし、ご遺族のご両親に申し訳ないことをしてしまったと心から謝罪したい気持ちでいっぱいです。以上です』

裁判長『最後の確認ですが、被告人は、インターネットの掲示板で知り合った小嶋由紀夫と共に、幼稚園教師の丸山恵理子二十六歳を無理やりレンタカーに連れ込み、強姦したことに間違いありませんか？』
被告人『はい』
裁判長『その際、小嶋由紀夫に最初に強姦しろと命令されましたか？』
被告人『はい。そうです』
裁判長『被告人が強姦したあと、小嶋由紀夫が次に強姦し、被害者の丸山恵理子が騒ぎたてたので、小嶋由紀夫が持っていたナイフで丸山恵理子の胸を刺し、死に至らしめたということで間違いありませんか？』
被告人『はい。間違いありません』
裁判長『確認したいことは以上です。席に戻りなさい』

竹内彰の公判は、これで終わり、二週間後、裁判長は竹内彰に対して、強姦殺人の共同正犯の罪で懲役十年の実刑判決を言い渡している。

しかし、竹内彰も実際には減刑されて六年で仮釈放されている。

「〝おとみさん〟のことは、まったく触れていないな……」

工藤冴子は、険《けわ》しい目をして言った。

「どういうことなんですかね?」

「もう一度〝おとみさん〟の記述がないかどうか、竹内彰の公判記録を最初から目を通してみてくれ。自分は、小嶋由紀夫の公判記録に目を通す」

「わかりました」

三浦と工藤冴子は、分厚い公判記録を一冊目から手に取って、〝おとみさん〟の文字を指でなぞりながら探した。

一冊目には、見当たらなかった。工藤冴子も同様のようで、三浦とほぼ同じスピードで二冊目に手を伸ばした。

二冊目にも、〝おとみさん〟の文字はなかった。

「やっぱり、さっきの一か所しか出てこないな」

公判記録を閉じた工藤冴子が、小さな文字を見過ぎて疲れたのだろう、右手の親指と人差し指を目と目の間に持って行って揉みながら言った。

「ええ。竹内彰の公判記録には、まったく出てきません。小嶋由紀夫は、この検察官が言うように、少しでも罪を軽減するために出鱈目《でたらめ》を言ったんですかね?」

「いや、そうじゃないな。小嶋由紀夫が、〝おとみさん〟も仲間のひとりだと告発したのを受けた裁判長が、弁護人はそれを知っているかと訊いたとき、弁護人は『弁護人としての発言は控えます』と言っている。これは、明らかに知っているが、言わないという意味だ」

「そっか。でも、どうして、小嶋由紀夫の弁護人は、知っていると言わなかったんですかね？」

「小嶋由紀夫の弁護人は、国選だったんじゃないのかな」

「どういうことですか？」

「国選弁護人は私選弁護人と比べて極めて報酬が低い。丸山恵理子を襲った犯人がもうひとりいたところで、小嶋由紀夫が主犯であることに変わりはなく、受ける刑罰に影響はない。だから、新たな事実について争って裁判を長引かせたくないと考えた可能性は高い」

弁護人には、私選と国選の二種類がある。経済的な理由によって被告人が私選弁護人に依頼できない場合は、裁判所が日本司法支援センターに国選弁護人を求めることになっているが、報酬には大きな開きがあるのだ。

国選弁護人の場合、一度で終わる軽微な犯罪の裁判の報酬は、おおよそ七万円が相場で、私選の場合の五分の一以下だと言われる。

むろん、私選、国選にかかわらず被告人のために尽力をするのが弁護人の役目だが、国選の弁護人はあまりに報酬が少ないため、事務的に済ますことが少なくないのが実情なのである。

事実、公判記録回数は、国選弁護人のときより私選弁護人のときのほうが、圧倒的に多いという調査報告が出ている。

むろん、殺人のような重大な事件は公判回数も多くなるのだが、その平均回数は三・三回となっている。

しかし、竹内彰と小嶋由紀夫が起こした『練馬三丁目幼稚園教師強姦殺人事件』は、それぞれ公判は平均以下の二回ずつしか行われていないのだ。

このことからも、おそらく竹内彰の弁護人も国選だっただろうと推測される。

もっとも公判回数が少ないのは、検察官の起訴状の公訴事実に対して、被告人である竹内彰と小嶋由紀夫の双方が否認することなく素直に認めたことも大きいと思われる。

「ともかく、一度、小嶋由紀夫を担当した弁護士に会って話を聞いてみよう。名前は?」

公判記録の冒頭に、裁判官、検察官、そして弁護人の名前が書かれている。

「国広洋介《くにひろようすけ》弁護士となっていますね。竹内彰の弁護人は、大西正志《おおにしまさし》という弁護士です。練馬署の元刑事の黒沢と国広弁護士、どっちと先に会いますか?」

「詳しい話が聞けそうな国広弁護士のほうを先にしよう」

「わかりました」

三浦と工藤冴子は閲覧室を出て、捜査車両を駐車しているコインパーキングに足早に戻った。

そして、三浦が携帯電話で、日本司法支援センターに問い合わせた。ところが、弁護士の国広洋介は六十四歳で四年前に病死。竹内彰を弁護した大西正志という弁護士は七年前に四十二歳の若さで交通事故死したということが判明した。

「まいりましたね……」

三浦が言うと、

「となると、黒沢のじいさんにまた直接当たるしかないな」

と、工藤冴子が言った。

しかし、三浦が黒沢の家に電話しても、だれも電話に出ることはなかった。

「外出しているようですね。どうしますか？」

「黒沢の家がある東村山までは、結構あるからな。買い物かなにかで出かけているのなら、これから行って着くころには帰っているだろう。一刻も早く、〝おとみさん〟と名乗った男について知りたい。黒沢の家に行ってみよう」

「わかりました」

三浦と工藤冴子は捜査車両に乗り込んで、東村山の黒沢の家を目指した。

東村山市に入ったころには、空は見事な夕焼けに染まっていた。

黒沢の家の前に捜査車両を停めた三浦と工藤冴子は玄関のチャイムを鳴らした。

しかし、家の中からはなんの反応もなかった。夫婦で夕飯の買い物に近くのスーパーにいっしょに買い物に行っていたとしても、もう帰ってきていい時間だ。

いや、七十二歳の元刑事の黒沢のような男が、妻とスーパーに買い物などに行くだろうか？——そんなことを思いながら、なすすべもなく家の前で佇《たたず》んでいると、背後に人の気配がして振り向いた。

「黒沢さんのお宅に、何か御用ですか？」

六十歳半ばの女の人が、買い物の帰りなのだろう、ネギがはみ出ているエコバッグを持って訝《いぶか》しそうな顔をして立っていた。

「ええ。怪しい者ではありません。かつて部下だった者です」

工藤冴子が、とっさにそう言って、警察手帳を見せた。

（さすがだ——）

黒沢が警察官だったことは、近所の人間なら知っているはずだ。下手に嘘をついて怪しまれるより、身分をはっきり示したほうが、どこへ出かけたか知り得るかもしれないのだ。

「あら、そうでしたか。でも、知らないんですか？　昨夜、黒沢さんのご主人、大変だったんですよ」

近所に住んでいると思われるおばさんは、すっかり安心したようで、三浦と工藤冴子に近づいてきた。

「大変だったって、なにかあったんですか？」

三浦が訊くと、

「なにかあったもなにも、黒沢さんのご主人、昨夜の十一時過ぎよ。救急車で病院に運ばれたのよ」

と言った。

「じゃ、今も病院に？」

工藤冴子が訊いた。

「お留守ならそうだと思いますよ」

「どこの病院に運ばれたか、ご存じないですか？」

工藤冴子が詰め寄るようにして訊くと、

「さあ、そこまでは……すみません。夕飯の支度があるもので――」

おばさんは、恐れをなしたようにあとずさって言うと、逃げるように去って行った。

「救急指令センターに問い合わせて、どこの病院に運ばれたか突き止めましょうか?」

「そうしてくれ」

三浦は捜査車両に戻って無線を取り、警視庁の通信センターを呼び出して、昨夜、東村山市内に住む黒沢正雄という七十二歳の男が、救急車で運ばれた病院を救急指令センターに問い合わせてくれと伝えた。
二、三分して通信センターから無線が入った。黒沢正雄が運ばれた病院は東村山市内の十津川《とつがわ》総合病院だという。
捜査車両のナビに『十津川総合病院』の名前を入れると、黒沢の家からわずか十分ほどの距離にあることがわかった。

「昨夜、病院に運ばれて、まだ家に帰ってきていないということは、重病だと考えたほうがよさそうですね」

車を走らせながら、三浦が言った。

「奥さんも帰ってきていないところをみると、病院で付き添っているということかもしれないな」

ナビが示すとおりに住宅街の細い道から幹線道路に出て五分ほど走り、信号を三つ越えて右に折れると、白塗りの巨大な『十津川総合病院』の建物が見えてきた。

病院の入り口の駐車場は満杯だった。建物の裏側にもあるという駐車場に回ったが、そこもすべて埋まっていた。仕方なく諦めて出ようとしていたとき、運良く出ていきそうな車がみつかり、そのそばに車を停めて待ち、その車が出るやすぐにその場所に車を押し込むように駐車した。

「すみません。昨夜、こちらに黒沢正雄さんが救急車で運ばれてきましたよね？」

三浦は工藤冴子と並んで足早に受付に行き、周囲に見えないように警察手帳を見せて受付の若い女性に訊いた。

「あ、はい。少々お待ちください」

受付の若い女性は、顔を強張らせながら、すぐにパソコンを操作して調べた。

「三階の集中治療室に入っています」

「ありがとう」

三浦と工藤冴子はどっちが言うともなく、エレベーターではなく近くの階段を目指した。

ふたりとも気が急いているのだ。〝おとみさん〟の存在について知っていた可能性が高い竹内彰と小嶋由紀夫の両方の弁護士が亡くなっており、そのうえ黒沢元刑事の身にも何かあれば、完全にお手上げだ。

階段を駆け上がるようにして三階に着くと、集中治療室につづく廊下の奥の長イスに和服姿の女が見えた。

「奥さん——」

工藤冴子が声をかけた。

「あ……」

黒沢の妻が、微かな声を上げて長イスから立ちあがろうとしたとたん、貧血を起こしたのだろう、顔に手をあてがって崩れるように再び長イスに座り込んだ。

「大丈夫ですか——」

三浦が横に倒れないように、すっと近づいて黒沢の妻の体を支えた。

「ええ、大丈夫です。ちょっとめまいがしただけですから……」

昨夜から家に帰らず、ここにいたのだろう、うなじや額の髪の毛がほつれ、化粧が剝《は》げた顔色は蒼く、見るからにやつれ切っている。

「黒沢さんの容体は?」

工藤冴子が訊くと、

「あなたがたがお帰りになった昨夜遅く、救急車で運ばれまして、病院に到着するなり手術をいたしました」

と、黒沢の妻は気丈に答えた。

「病名は？」

三浦が訊いた。

「くも膜下出血です」

「それで手術は……」

「ええ。おかげさまで、手術は成功したんですが、おそらくなんらかの後遺症は残るだろうと言われました」

「じゃ、今は？」

「まだ昏睡《こんすい》状態がつづいています。なにかお急ぎの御用だったんでしょうか？」

「ええ、いくつかお訊きしたいことがあったのですが――」

そんな状態では、しばらくの間、話を聞くことは無理だな――三浦と工藤冴子が、目でそう会話していると、

「もし、よろしければ、どんな御用なのかお聞かせいただけませんか？」

黒沢の妻が切羽詰まった顔をして訊いてきた。

「申し訳ありません。捜査中のことなものですから……」

工藤冴子が言葉を濁すと、

「主人が昔手がけた事件に関係することなんですね？」

と、食い下がってきた。

「ええ。まあ、詳しいことは申し上げられませんが――」

「やはりそうなんですね」

「やはり？」

三浦と工藤冴子は、黒沢の妻の前では何も言っていないのだ。

「昨夜、あなたがたが帰られてから、主人はそれまでずっと止めていたお酒をずいぶん飲んだものですから、きっと昔、主人が手がけた事件のことで、あなたがたがいらしたんじゃないかと……」

黒沢の妻の物言いは、ふたりを責める口調ではない。

「なにか、おっしゃっていましたか？」

工藤冴子は訊くと、黒沢の妻は力なく首を振って、

「いいえ。主人は、昔から仕事のことについて、わたくしになにか話してくれたことはありませんから……ただ、二週間少し前ですかね。渋谷で起きた、気味の悪い殺人事件がありましたわね？」

と言った。

「竹内彰という男が殺された事件ですね」

工藤冴子が念を押した。

「ええ、そうです。あの事件があったときから、前にも増して口数が少なくなって、いらいらするようになったんです。最初は、昔自分の手で捕まえた男が殺されたからだろうなと思っていたんです。でも、それから、今度は江東区のほうで同じような殺人事件がありましたでしょ。あの事件をテレビで知ったときの主人の驚きようといったらなかったんです。それはそうですわよね。小嶋とかいうその人も主人が昔、竹内という男といっしょの事件で逮捕した男なのですから——あなたがたが、ウチにいらしたのはその夜でしたでしょ?」

「ええ。そして、自分たちがお宅を失礼してから、黒沢さんはそれまで止めていたお酒を飲まれたんですね?」

「そうなんです。以前から血圧が高うございましてね。気をつけないと脳溢血になる心配があると定期健診でお医者さまに言われて、それきりお酒とたばこを止めていたんです」

黒沢正雄は、竹内彰が殺されたときからすでに、もしかすると十六年前の丸山恵理子強姦殺人事件と関係があるのではないかと思っていたんじゃないだろうか?

そして、それから二週間後、今度は小嶋由紀夫が同じ手口で殺されたことを知り、黒沢は確信したのだ。

ふたつの殺人事件は、自分が手がけた十六年前の丸山恵理子強姦殺人事件と密接な関係があると——。

そこへ、工藤冴子と三浦が訪れて、〝おとみさん〟の存在について尋ねられ、黒沢は今回のふたつの殺人事件の犯人の正体、あるいは〝おとみさん〟が何者なのかを知ったのではなかったか？

だが、もしそうなら、黒沢は仮にも元刑事なのだ。どうして、捜査に協力しようとしなかったのだろう……？

「ところで奥さん、二か月ちょっと前ですが、黒沢さんとかつて同僚だった調布署の村下刑事が亡くなったことはご存じですか？」

三浦が沈黙を破って訊いた。

「え？——ああ、ええ」

黒沢の妻は、それがどうかしたのか？　という顔をして三浦を見た。

「黒沢さんは、村下刑事の葬式に出席したとおっしゃっていたんですが、そのときは特に変わった様子はなかったですか？」

「はい。特には——」

「そうですか。いや、失礼しました」

三浦は、自分がとても場違いな間抜けなことを訊いてしまった気がして、いたたまれない気分になった。

すると、黒沢の妻が突然、

「あ、でも——」

と、何かを思い出したようだった。

「なんですか?」

「ええ。お葬式から帰ってくると、主人は、その日一日まるで元気がありませんでね。そりゃ、かつての同僚の方が亡くなったんですから、当たり前といえば当たり前なんですけど、寝床に入って少ししたとき、ぽつりと言ったんですよ。こんなことになるんだったら、あいつが生きているうちに仲直りしておけばよかったって——その横顔が、今まで見たことがないくらいに寂しそうだったのを覚えています」

「仲直りしておけばよかった?」

工藤冴子が訊いた。

いつだったか、三浦が推測したように、黒沢と村下はやはり仲が良くなかったのだ。

「ええ。それまでは村下さんと主人はとても気が合っていたようで、よくいっしょにお酒を飲んでいたんですよ。でも、あるときから仲違いしたみたいで、付き合いがぱったりとなくなったんです」

「あるときからって、いつごろからですか?」

工藤冴子が訊くと、

「それが、さっき思い出したんですけど、竹内と小嶋のふたりを捕まえた事件が終わってからなんです。どうして主人が村下さんと仲違いすることになったのかは聞いていませんん。主人は、仕事に関わることは一切言わない人でしたから。そのうち、村下さんが練馬署からどこかに異動になって、それからは年賀状もこなくなりました。でも、これもなにかの巡り合わせなんでしょうかね。村下さんが亡くなられてからしばらくして、ふたりで捕まえた竹内と小嶋が殺され、今度は主人が倒れるなんて……」

黒沢の妻は肩を落としてそう言ったきり、口をつぐんでしまった。

「では、奥さん、自分たちは今日はこれで失礼します。奥さんもあまり無理をせず、休めるときは休んでください。また、様子をうかがいにきます」

工藤冴子はそう言って頭を下げると、三浦に目配せして、その場を去った。

「村下刑事の自殺、竹内と小嶋の殺害事件、そして黒沢のくも膜下出血――これって、黒沢の奥さんが言うような単なる巡り合わせなんですかね」

黒沢の妻がいる場所から遠ざかり、一階に降りる階段にさしかかったところで、三浦が工藤冴子に囁くように言った。

「少なくとも、黒沢は今回の竹内と小嶋の殺害事件が、自分が手がけた十六年前に起きた丸山恵理子強姦殺人事件に関係していると考えていたことは間違いなさそうだな。おそらく〝おとみさん〟の存在も知っていたはずだ」

工藤冴子が、階段を駆け下りながら言った。

「じゃ、どうして僕たちに、言ってくれなかったんでしょう」

「自分が作成した供述調書にもなかったことだ。言えなかったんだろう」

「それってもしかして……」

「ああ、黒沢は供述調書を改ざんした可能性が高い」

「まさか――」

三浦は唖然とした。

「その他にどんなことが考えられるっていうんだ」

「しかし、どうしてそんなことをする必要があったんです？」

「そんなことわかるかよ」

工藤冴子は苛立った声で言った。

「それにしても、こんなときにくも膜下出血で倒れるなんて、ツイてないですね」

「死んでくれなかっただけツイてるさ」

「そっか。で、これからどうします？」

「今日は、もう本部に戻ろう」

「これまでの報告ですか」

「ああ。本部にも自分たちの知らない情報がなにか入っているかもしれない」

第四章　断罪

捜査本部に着いたのは、午後八時少し前だった。

会議室に入ると、塚田管理官と本宮課長のもとに、谷と森崎が集まってなにやらひそひそ話をしていた。

他の北村係長たち二係や深川署の若い捜査員たちの姿はなく、庶務班の女性警察官が三人いるだけである。

「ただいま戻りました」

三浦がだれに言うともなく声を上げると、

「工藤と三浦、こっちにきてくれ」

本宮課長が、ひょいと顔を上げてふたりを見て言った。

「お疲れさまです」

四人のもとに行った三浦が谷と森崎にあいさつすると、谷は「おう」とだけ言い、森崎は声を出さずに軽く手を上げただけで、三浦の隣にいる工藤冴子を見ようともしない。断りもなしに練馬署に行って、十六年前の丸山恵理子強姦殺人事件の捜査資料を当たったことを、まだ根にもっているのだろう。

「なにかわかったか?」

本宮課長が言った。

隣にいる塚田管理官は、癖なのだろう、両肘をテーブルにつけて鼻と口を両手で覆い、眼鏡の奥の目だけを動かして部下たちを見ている。

「小嶋由紀夫が殺された部屋の壁に血で書かれていた〝おとみさん〟という文字ですが、あれはやはり十六年前に、竹内彰と小嶋由紀夫が起こした強姦殺人事件に関わった人間のハンドルネームでした」

工藤冴子が言うと、

「なんだって? どういうことか詳しく話せ」

本宮課長が顔を強張《こわば》らせて言った。

谷と森崎も声こそ出さなかったが驚いた顔をしており、塚田管理官はさっきから取っている姿勢を崩さず、無言のままじっと工藤冴子を見つめているだけである。

「今日、自分と三浦は、十六年前に竹内と小嶋が起こした事件の被害者である丸山恵理子の実家を再び訪ねて、彼女の父親に、殺された小嶋の部屋に血文字で〃おとみさん〃と書かれていたことを伝え、どういう意味か心当たりはないかと訊いてみたんです」

「で、心当たりがあると言ったんだな?」

「ええ——」

本宮課長の問いかけに、答えるのが面倒になったのだろう、工藤冴子は目で三浦に答えるように促した。

「丸山恵理子の父親は、竹内と小嶋の裁判を傍聴しながら、気になったことをノートにつけていたんです。それを見せてもらったところ、主犯の小嶋由紀夫が最終意見陳述で、自分が丸山恵理子をナイフで刺し殺したのは認めるが、彼女を強姦したのは竹内と自分のふたりの他に、もうひとり掲示板で知り合った〃おとみさん〃と名乗る男もいたと言っていたことが記されていたんです」

「竹内彰もそう言っていたのか?」

本宮課長が訊いた。

「それが、竹内彰はそんなことは言ってなかったというんです。ノートにも書かれていませんでした。そこで、工藤さんと自分は東京地検に行って、ふたりの公判記録を読んで確かめたんです」

「で、どうだったんだ？」

本宮課長は興奮を抑えて促した。

塚田管理官や谷、森崎は無表情で三浦を見つめている。

三浦がちらっと工藤冴子を見ると、工藤冴子は目で「つづけろ」と言っていた。

「はい。確かに小嶋由紀夫は最終意見陳述で、丸山恵理子を自分たちといっしょに強姦した〝おとみさん〟と名乗った男も捕まえて、同じように裁判にかけないのは不公平だと裁判長に食ってかかっていたことが記されていました。でも、不思議なことに、竹内彰は〝おとみさん〟という男がいたとは、ひと言も言っていないんです」

「どういうことだ……」

本宮課長が、自分の中で答えを探そうとするかのようにつぶやいた。

「工藤、君は練馬署に行って、竹内と小嶋がやった十六年前のその事件《ヤマ》の捜査資料に目を通したんだったな？」

それまで黙って聞いていた塚田管理官が、鼻と口を覆っていた両手を取り払って口を開いた。

「はい」

「そこには、〝おとみさん〟という人物に関するものはなかったんだな？」

「ありませんでした」

「それは妙だな」

塚田管理官が腕組みをしながら宙に視線を向けて言うと、

「捜査資料は自分も隅から隅まで目を通しましたが、竹内彰、小嶋由紀夫のどちらの供述調書にも、仲間がもうひとりいたなどということは書かれていませんでした。もちろん、〝おとみさん〟という言葉もありませんでした」

と、三浦が工藤冴子を援護するように言った。

「工藤、おまえはどう考えているんだ？」

本宮課長が問い質すように訊いた。

「どうと言うと？」

工藤冴子は、とぼけようとしているのだろうか、きょとんとした顔を本宮課長に向けている。

「だから、おかしいじゃないか。小嶋由紀夫は練馬署の取調べでは言っていないのに、どうして裁判の最終意見陳述の場で突然そんなことを言い出したんだ？　しかも、共犯者の竹内彰は、そんなことは言っていないなんて、小嶋由紀夫が出鱈目《でたらめ》を言っているとしか思えないじゃないか」

「公判記録では、検察官も、小嶋由紀夫は出鱈目を言っていると一蹴しています」

「小嶋由紀夫のその発言に対して、弁護人はなんて言っているんだ？」

黙っていた谷が口を開いた。

「公判記録によるとその件に関しては、〝弁護人としての発言は控えます〟と言っています」

「つまり、こういうことか——弁護人は、今更その〝おとみさん〟とやらがいたことを持ちだしたところで、刑が軽くなるわけでもなし、いたずらに裁判が長引くことを避けたいと考えた……」

視線を宙に這わせたままの塚田管理官が言った。

「おそらく——」

「それにしても、小嶋由紀夫はどうして取調べのときに言わなかったんだ……」

本宮課長は、どうにも腑に落ちないという顔つきをしている。

「今度は、わたしが取調べを行った刑事に会って確認してきます」

森崎が言った。

「無駄だ」

工藤冴子がすかさず言った。

「なんだと?!　所轄の人間が、偉そうに指図するな」

森崎は、工藤冴子を睨みつけて声を荒らげた。

こういうときに本音が出る。普段はおくびにも出さないが、本庁の人間は所轄署の人間を内心では見下しているものなのだ。

まして、森崎と工藤冴子は、一度ぶつかっている。

感情をあらわにしやすくなっているのだろう。

が、工藤冴子はそんな森崎にいたって冷静な口調で、

「竹内彰と小嶋由紀夫を逮捕し、取調べを行って供述調書を作成した黒沢という定年退官している元刑事は、昨夜、くも膜下出血で倒れて、今はまだ病院の集中治療室で意識不明の重体だ。もうひとり、黒沢といっしょに取調べに当たった刑事は、二か月前に死亡している。どうやって話を聞くというんだ？　ちなみに、竹内と小嶋の弁護を担当した弁護士ふたりも七年前と四年前に死んでいる」

と言った。

「くっ……」

森崎は悔しそうに顔を歪《ゆが》めた。

「確かめようにも、まったくお手上げってわけか――」

本宮課長は、思わず天井を見上げた。

「工藤、君は〝おとみさん〟なる男の存在について、どう思っているんだ?」

宙に視線を這わせていた塚田管理官が工藤を見て言った。

「丸山恵理子を強姦したひとりだと思います」

「つまり、小嶋由紀夫の陳述を信じるというんだな?」

「はい」

「信じる根拠は?」

「嘘をつく必要がないからです」

「じゃあ、どうして取調べのときに、小嶋由紀夫は〝おとみさん〟について言わなかったと思う?」

「それは――わかりません……」

工藤冴子は、視線を落として答えて悔しそうに口を歪めた。

黒沢刑事が供述調書を改ざんしたからです――そう言いたいのは山々だが、今の段階では憶測に過ぎない。そんな憶測を近い将来、警察庁を背負っていくキャリアの塚田管理官には、さすがの工藤冴子も言えないのだろう。

「では、小嶋由紀夫を殺した犯人が、壁に血文字で〝おとみさん〟と書いたのは、どんな意味があると思う？」

塚田管理官が、眼鏡の奥にある爬虫類《はちゅうるい》を思わせる目を細くして、じっと工藤冴子を見つめている。

「これは推測ですが、犯人はおそらく十六年前、丸山恵理子を強姦殺人した現場にいて、竹内彰・小嶋由紀夫といっしょに彼女を強姦したのに何故か裁かれることのなかった〝おとみさん〟に対して、次はおまえの番だというメッセージを込めているんじゃないかと思います」

工藤冴子は、再び塚田管理官をまっすぐに見て答えた。

「メッセージか――なるほど……」

「しかし、事件から十六年も経っているのに、どうして今なんだ？　出所した竹内彰や小嶋由紀夫の居場所がわからなかったのが、今になってわかったということなのか？　そして、犯人《ホシ》は、その〝おとみさん〟と名乗った男の居場所も摑んでいるということなのか？――工藤、そのあたりはどうなんだ？」

本宮課長が訊いた。

「わかりません」

工藤冴子は、あっさり言った。

「わからないっておまえ――」

本宮課長が絶句すると、

「竹内と小嶋のふたりを殺した犯人《ホシ》は、丸山恵理子と親しかった人間の可能性は十分にあるな。工藤、三浦、もう一度、一から丸山恵理子の交友関係を洗い直してくれ」

いつも冷静な塚田管理官が、珍しく興奮した口調で言った。

「わかりました」

工藤冴子と三浦が声を揃えて答えると、

「管理官、こっちの件はどうします?」

谷が本宮課長と塚田管理官を交互に見やって訊いた。

「ああ、そうだったな」

本宮課長は、谷に視線を戻してから、

「管理官、どうします?」

塚田管理官に視線を移して訊いた。

「工藤、三浦、君たちの意見も聞きたい――」

そう塚田管理官が言うと、森崎は露骨に嫌な顔をした。

「なんでしょう?」

そんな森崎の態度を見ぬふりをして三浦が言うと、

「小嶋由紀夫殺しの動機があり、竹内彰ともトラブルを起こしていた銀竜会系有馬組の若頭をしている大川《おおかわ》勲《いさお》という男が捜査線上に浮かんできたんだ」

と、谷が言った。

「その三人の関係性を教えてください」

工藤冴子が何も答えないので、三浦がつづけて訊いた。

「大川は闇金をやっててな。小嶋由紀夫は、そこで若いモンを使って取り立ての実行部隊の頭をやっていたんだ」

小嶋由紀夫も有馬組の構成員だ。つまり、その大川勲という男は小嶋由紀夫の兄貴分ということになる。

「竹内は、その大川の闇金から金を借りていたとか？」

三浦が先走って訊くと、

「いや、そうじゃない。大川は、実はこっちでな――」

谷は、右手の甲を見せて口元で立てて、『オカマ』を指す仕草をして見せた。

「竹内が経営していたボーイズバーに、足繁く通っていたことがわかったんだよ。だが、竹内の店は女を相手にする店だ。だから、本来、出入り禁止のはずの大川が来ると、いい顔はされなかったようだ。ほら、竹内の死体の第一発見者の石田和臣っていたろ」

「ああ、はい」

「石田が店を辞めたいという理由は、その大川のことも原因のひとつだったらしい。なにしろ大川にしつこく口説かれていたらしいからな」

谷は、そういう話が苦手なようで、まいったなあと言いたげに、渋い顔をして五分刈りのごま塩頭を手でがりがりと搔いて言った。

「あの、すみません。ちょっと話が見えないんですが――その大川というやくざ者が弟分の小嶋由紀夫と竹内彰を殺した犯人《ホシ》じゃないかというのは、どういうところから疑いがかかったんですか?」

三浦が申し訳なさそうに訊くと、

「大川って野郎は頭に血が上ると、何をするかわからないところがあるって話だ」

谷の代わりに森崎が答えた。

「はあ……」

三浦には、まだ話が見えてこない。

「取り立て要員の若いモンの何人かが言うことを聞かなかったために、ナイフで股間を抉られそうになったことがあるそうだ」

森崎が言うと、

「その若いモンの話じゃ、小嶋由紀夫は大川の金をずいぶん横領していたって話だ。実際は回収できていたのに、夜逃げされたとかいって回収できなかったことにして、懐《ふところ》に入れていたんだとさ。そんなことが見つかれば、そりゃあ、大川が黙っているはずがないわな」

と、谷がフォローした。

どうやら、大川の出どころは、その取り立て要員の若いモンたちのようだ。

「その大川が小嶋由紀夫を殺す動機はわかりますが、竹内彰を殺す動機はなんですか？　店の従業員の男を口説いて、それがトラブルに発展したとか？」

三浦は、少し無理があるのではないかという気がしている。

「詳しい理由は今のところわからんが、異常性癖の持ち主の大川と竹内彰との間で何かトラブルがあったとすれば、あんな殺され方をしたとしてもおかしくはない」

年若い三浦にケチをつけられたと思ったのだろう、森崎は不機嫌な顔をして三浦を見て言った。

そんな森崎に向かって、それまで黙って聞いていた工藤冴子が、

「殺された小嶋由紀夫の部屋の壁にあった、あの血文字の〝おとみさん〟も、その大川が

書いたというのか?」

と言うと、

「そこさ。あんたらの話を聞いたおかげで合点がいった。いいか? 大川は、弟分の小嶋由紀夫がどんな前科《マエ》を持っていたのか当然知っていたはずだ。丸山恵理子を殺ったときのことも詳しく聞いていたに違いない——」

森崎は勝ち誇った顔になってつづけた。

「で、大川は竹内となんらかのトラブルがあって殺し、その二週間後に前から自分の会社の金を横領していることに気づいていた小嶋を同じ手口で殺した。しかし、この二つの殺しは、ちゃんと計算されたものだったんだ。要するに大川は、竹内彰と小嶋由紀夫が十六年前に起こした強姦殺人事件の現場にいたもうひとりの共犯者の〝おとみさん〟という男がやった犯行に見せようとして、犯行現場の壁に血文字で〝おとみさん〟と書いたのさ。〝おとみさん〟を自意識過剰な犯人に仕立てあげて、我々警察の目をそっちに向けさせようとするためにだ——管理官、本宮課長、そう考えれば、すべて納得いきませんか?」

「なるほどな。そう考えれば、確かに十六年も前に起きた事件の加害者ふたりが、今になってどうして被害者になるのかという最初から抱いていた疑問も解けるな」

本宮課長は、しきりに感心している。

「工藤、君はどう思う?」

塚田管理官が静かに訊いた。

「一応、理屈は通っていますね」

工藤冴子が冷静な物言いをすると、

「しかし、納得はできない——顔にそう書いてあるな」

塚田管理官は、皮肉な笑みを浮かべて言った。

「——」

工藤冴子は、無表情のまま何も答えない。

「三浦、おまえはどう思う?　正直に思ったことを言え」

本宮課長が言った。

「その大川って男のアリバイはどうなっているんですか?」

工藤冴子と森崎の間で、板挟みのような格好になった三浦は、苦し紛《まぎ》れに思いついた質問をした。

「相手は、やくざモンなんだ。アリバイを作ろうと思えばなんとでもなるさ」

谷が言った。

「ということは、まだ大川本人に当たっていないんですか?」

「だから別件で引っ張って、じっくり外堀を埋めようかって相談してたところに、おまえさんたちが帰ってきたんだ」

谷が苛立ちをあらわにして言うと、

「三浦、わたしは、おまえが今の森崎君の話を聞いて、大川が今回の連続殺人の犯人《ホシ》だと思うかどうかと訊いているんだ」

本宮課長も苛立っている。

工藤冴子をはじめ、その場にいるみんなの視線が三浦に集まっている。

「可能性は、なくはないと思います」

三浦は、工藤冴子から目を逸《そ》らして言った。そんなどっちの顔も立てるような三浦の言葉に、その場の空気が一気に白けた。

「管理官、本宮課長、とにかく大川を引っ張りましょう」

森崎が、ふたりに詰め寄るように言った。

どうします？——本宮課長は、そう塚田管理官に目で言っている。

「引っ張るのはいいが、別件逮捕はまずい。とりあえず任意で事情聴取を行おう」

塚田管理官の決定に、谷は、「なんだよ」と言わんばかりに手で五分刈りのごま塩頭の後頭部を打った。

森崎は、「何故だ！」と叫びたい気持ちを必死に堪えているように両方の拳を握りしめて、塚田管理官の前で仁王立ちになっている。

「管理官、相手は銀竜会系有馬組の若頭です。家宅捜索令状《ガサフダ》を取って部屋に踏み込めば、チャカでもヤクでも必ずなにか出てきます。ここは、がっちり身柄《ガラ》を押さえてはどうでしょう？」

そんな谷と森崎の気持ちを汲み取ったように本宮課長が訴えたが、

「いや、わたしも犯人《ホシ》は、丸山恵理子の交友関係者の中にいるような気がしてならない。大川勲をパクるんだったら、もっと確証がなければならん」

と、塚田管理官は結局、工藤冴子の意見を尊重した。

「工藤さん――」

渋谷署を出たところで、少し前を歩いている工藤冴子に三浦が声をかけた。時刻は午後十時になろうとしている。

「？――」

工藤冴子は、体をひねるようにして半身だけ振り返って三浦を見た。

「さっきは森崎さんの見立てに同調するような発言をしてすみませんでした」

三浦は工藤冴子に頭を下げた。

「どうして謝るんだ?」

工藤冴子の声は冷たい響きを持っていた。

「どうしてって……」

三浦が言葉に詰まると、

「犯人《ホシ》が大川という男の可能性もなくはない——本当にそう思ったのなら、何も謝ることはないだろ」

工藤冴子は三浦をまっすぐに見つめて言った。

そのとおりだ。だが、三浦は心の底からそう思って言ったのではない。森崎にも工藤冴子にも、どっちか一方の側に立つのは得策ではないという思いから、あんな言い方をしたのだ。

「工藤さん、僕はあなたや高瀬さんのように強くはなれない。だから、横や上の目を気にして、あなたの嫌いなカレイになったりヒラメになったりしてしまう」

三浦は悔しそうに顔を歪めて言った。

すると、工藤冴子は、

「三浦、おまえは高瀬の何を知っているんだ? だいたい、おまえは高瀬に会ったこともなけりゃ、しゃべったこともないだろ」

と鋭く語気を強めて言った。

確かにそのとおりだ。三浦はなんの反論もできなかった。

「組織の中で生きているんだ。同僚や上司の目を気にするのは当たり前のことさ。だいたい自分のような人間ばかりいたんじゃ、組織は成り立たない。それに高瀬だって、人が言うほど強い男じゃなかった。ただ、まっすぐに生きようとしていたのは確かだ。やせ我慢してな。自分は、高瀬のそんなところが気に入っていた——」

工藤冴子は穏やかな口調でそう言うと、くるりと背を向けて、

「ま、反省は時間があるときにするんだな」

と言って歩いていった。


三日後の午前十時過ぎ——工藤冴子は三浦が運転する捜査車両に乗って東京都調布市の深大寺《じんだいじ》を目指していた。

二か月半ほど前に自殺した村下刑事の家を訪ねてみることにしたのである。

この三日間で、三浦と工藤冴子は、丸山恵理子のシステム手帳の住所録にあった人すべてに会うことができた。

しかし、だれ一人として竹内彰や小嶋由紀夫に復讐をするような人間に心当たりがある

者はいなかった。

一方、谷と森崎が犯人《ホシ》と睨んでいた広域指定暴力団・銀竜会系有馬組若頭の大川勲は、アリバイが成立した。

竹内彰の死亡推定時刻には、竹内の経営するボーイズバー『ルーキーズ』で酒を飲んでおり、小嶋由紀夫の死亡推定時刻には、新宿歌舞伎町の裏カジノにいたことが証明されたのである。

捜査は完全に行き詰まり、早くも迷宮入りになるのではないかという気持ちが捜査員たちの心の中で芽生えはじめ、マスコミによる報道の数も当初よりかなり少なくなってきていた。

そして今朝、出署してきた工藤冴子は突然、村下刑事の家に行ってみようと言いだしたのである。もしかすると、十六年前の丸山恵理子強姦殺人事件について書かれたメモや日記の類《たぐい》が残されているかもしれないというのだ。

「ここですね」

調布市深大寺の住宅街の一角で、三浦は車を停めた。

猫の額ほどの庭がある玄関の古くなっている表札に、『村下修治・佳子《けいこ》』という名前が刻まれている。子供のいない夫婦だったようだ。

三浦がチャイムを押すと、少しして中から「はーい」という女の声が聞こえてきた。亡くなった村下刑事の妻の佳子だろう。

「どちらさまでしょうか?」

「突然、恐れ入ります。渋谷署の者です」

三浦が言うと、

「渋谷署?」

佳子は三浦の言葉を繰り返し、少し間があって玄関のドアを開けた。

五十歳半ばの化粧気はないが、若いころは美人だったろうと思わせる顔立ちをしている。

「工藤です」

「三浦です」

工藤冴子と三浦は、警察手帳を見せて言った。

佳子の緊張していた顔が、一気ににこやかになった。安心したのだろう。

「渋谷署の方が、どんな御用でしょう?」

さっきまで安心していた顔が曇《くも》った。かつての部下かもしれないと思ったものの、見覚えのない相手だったからだろう。

「村下さんが練馬署にいらしたときに逮捕した男ふたりが殺された事件のことで、お話をうかがいたくてまいりました」

工藤冴子が言うと、

「でも、主人はもう――」

佳子は言葉を詰まらせた。

工藤冴子はすかさず、

「ええ。亡くなられたことは、もちろん承知しています。にもかかわらず、今日こうしてうかがったのは、村下刑事がつけていた手帳や日記のようなものがありましたら、ぜひ見せていただけないかと思いまして――」

と言うと、

「ま、どうぞ、お入り下さい」

佳子は家の中に招き入れてくれた。

「ありがとうございます」

「失礼します」

玄関に入って靴を脱いだ工藤冴子と三浦は、佳子のあとに従ってついていった。

「どうぞ、お座りになってください」

佳子が、リビングのソファに手を向けて言った。

「あの、これはつまらぬものですが、ご仏前にお供えしてください」

ソファに軽く腰をかけた工藤冴子が、持ってきた和菓子の包みを差し出した。

「ありがとうございます。では、遠慮なく――」

佳子は受け取ると、リビングから見える和室の部屋にある仏壇に受け取った和菓子の包みを持って行った。

「お線香を上げさせてもらってよろしいでしょうか?」

頃合いを見計らって、工藤冴子が言った。

「ありがとうございます。どうぞ――」

佳子はそう言うと、台所へと去って行った。

工藤冴子と三浦は、和室の部屋に入り、仏壇の前に立った。

村下刑事の遺影が目に入った。スポーツ刈りで、四角張った輪郭にぐりっとした大きく鋭い目、意志の強そうな大きめの鼻、そして厚めの唇が厳しい中にも情のある人柄を表しているように思える。

「お茶が入りましたので、どうぞ」

工藤冴子と三浦が鈴を鳴らし、手を合わせ終えると、台所からリビングに戻ってきた佳子が言った。

「ありがとうございます。いただきます」

仏壇のある和室からリビングに戻ってきた工藤冴子がソファに座って言うと、隣に座った三浦は、工藤冴子の言葉に合わせて軽く一礼して、お茶をひと口飲んだ。

「あの、さきほどおっしゃっていた、主人が練馬署時代に捕まえたふたりの男というのは、最近殺害された竹内彰と小嶋由紀夫という人のことですか?」

佳子が恐る恐るといった様子で訊いた。今でこそ少なくなったものの、竹内彰と小嶋由紀夫のことはつい最近まで連日のように報道されていたのだ。

「ええ、そうです。そのころ、村下さんが使っていた手帳とか日記といったものはありませんか?」

工藤冴子が繰り返した。

「主人はそういうものを残しておくという習慣がないものですから、当時の手帳も日記も処分してしまってないんです。ただ――」

佳子はそう言うと立ち上がって、リビングの和洋の茶器が入っているサイドボードに行って一番下の引き出しを開けると、一枚のファイルケースを持ってきた。

「これは主人が亡くなる二週間くらい前からですかねえ。署から家に帰ってきては、毎晩見ていたものなんですけど……」

佳子はファイルケースから、Ａ４の大きさで、顔のアップと体全体が描かれている二枚の似顔絵の紙を工藤冴子と三浦の前に差し出した。

「！——これは……」

三浦と工藤冴子は絶句した。

「最近になって思い出したんですが、その似顔絵は主人が練馬署にいたときに逮捕した竹内彰と小嶋由紀夫が捕まったときに描かれたものなんです」

佳子は驚かせるふうでもなく淡々とした口調で言った。

工藤冴子と三浦は、思わず顔を見合わせた。

無理もない。その二枚の似顔絵の上部に『おとみさん』と鉛筆で書かれていたのだ。

描かれているのは一枚は全体像で、二十歳過ぎのＴシャツにジーパン、スニーカーを履き、髪の毛は長くも短くもない痩せた男である。

もう一枚の似顔絵はバストショットで、目は一重まぶたで細く、やや吊り上がり気味。鼻も口も大きくも小さくもなく特徴がない、全体的に暗い印象の若者の顔が大きく描かれていた。

「そんな昔に描かれた似顔絵を村下さんは、どうして最近になって見るようになったんでしょう?」

工藤冴子が訊くと佳子は、

「さあ、それは……でも、今思うと、その似顔絵を見ているときの主人の顔つきは、普通ではなかったですねぇ」

と言った。

「普通ではないというと?」

「なんて言えばいいのか——思い詰めたというんでしょうか、とっても怖い顔をして、深いため息ばかりついていましてねぇ」

そのころのことを思い出しているのだろう、佳子は遠くを見るような目をして言った。

「あの、こんなことをお訊きするのは心苦しいんですが、村下さんが自殺なさった原因はノイローゼだと聞いています。いったいどんなことに悩んでいたんですか?」

三浦が訊くと、佳子は我《われ》に返った顔になって、

「主人はノイローゼなんかじゃありません。まして、何かに悩んで自殺するだなんて、そんなことするはずがないんです」

と、訴えるように言った。

「ちょっと待ってください。つまり、奥さんは、村下さんは自殺なんかじゃないとおっし

やるんですか?」

工藤冴子が身を乗り出すようにして訊いた。

「もちろんです。だって主人は、あと二年もしないうちに定年を迎えるはずだったんですよ。ああ、そうだ。これを見てください」

佳子はそう言うと、再びソファから立って、またサイドボードに行って別の引き出しからなにかの冊子の束を持ってきた。

差し出された冊子は、どれも旅行パンフレットだった。

「主人は、亡くなる少し前まで、おまえには苦労をかけた。警察を定年になったら、ウチには子供もいないんだしお金を貯めておいたってしょうがない。退職金で豪華客船に乗って世界一周旅行に行こうって言ってくれて、こんなにパンフレットを集めていたんですよ。そんな人が自殺なんかすると思いますか? 第一、遺書もそれらしきものもなかったんですから……」

佳子の目には涙が浮かんでいる。

「そのことを調布署の人たちには言ったんですか?」

「ええ、そりゃ何度も言いましたよ」

「この似顔絵を見ていたことは?」

「それは……」

佳子は急に言葉を濁らせた。

「言わなかったんですね？」

工藤冴子が問い質すと、佳子は悔しそうな顔をして、

「だって、何か悩んでいる様子はなかったかって、そればかり聞くもんですから言い出せなかったんです。ちょっとでも悩んでいたようなことを言えば、それが原因だって決めつけられそうで……」

と言った。

「では率直にお聞きしますが、奥さんは、村下さんはどうして亡くなられたとお考えなんですか？」

工藤冴子が意を決した顔で訊くと、佳子は視線を落として黙り込んでしまい、リビングじゅうが張りつめた空気に包まれた。

しばらくすると、俯いていた佳子が顔を上げた。その表情には覚悟のようなものが滲《にじ》んでいた。

「主人が死んだと聞かされた当初から、わたしは絶対に自殺なんかじゃないと思っていました。きっと拳銃の操作を誤ったかなにかした事故に違いないって——でも、今こうして

あなたがたが、最近相次いで殺された竹内彰と小嶋由紀夫のことでいらして……主人が亡くなる前によく見ていたその似顔絵が、主人が練馬署で殺されたふたりを逮捕した直後に家に持ってきたものだったことを思い出したら――もしかしたら、それらのことは、みんな繋がっているんじゃないかって……」

佳子は、そこまで言って口をつぐんだ。その先のことは、とても恐ろしくて口に出しては言えない――表情がそう語っている。

重苦しい沈黙が流れた。

と、工藤冴子が思い出したように、

「ところで、奥さん、村下さんが練馬署にいたときの同僚で、竹内彰と小嶋由紀夫をいっしょに逮捕、取調べをした先輩刑事の黒沢さんのことはご存じですか？」

と訊いた。

「ええ。そりゃ、もちろん知っていますよ。主人の葬式のときにも黒沢さん、お見えになってくれましたし――」

それまでにこやかな顔で話していた佳子の顔が俄《にわ》かに曇りはじめた。

そんな佳子にすかさず工藤冴子が訊いた。

「村下さんと黒沢さんは、とても仲が良くてよくお酒もいっしょに飲んでいたそうですが、あるとき何かが原因で仲違いして、ぱったり付き合いがなくなったそうですね？」

「そうです、思い出しました。それも、あの事件の捜査が終わってからです……」

佳子の顔は強張り、青ざめている。

「竹内彰と小嶋由紀夫が起こした強姦殺人事件ですね？」

「ええ……」

「おふたりの間に何があったのか、わかりませんか？」

工藤冴子は期待を込めて訊いたが、佳子は首を力なく振った。

「あ、でも、黒沢さんご本人にお訊きになったらどうですか？」

佳子は、工藤冴子と三浦がすでに黒沢のもとを訪ねていることも、くも膜下出血で倒れたことも知らないのだ。

黒沢は一命を取り留めたものの、未《いま》だに重篤《じゅうとく》な状態がつづいていて、家族以外は面会謝絶になっている——それを伝えると、佳子はしばし絶句したままだった。

それはそうだろう。何かに呪われているかのように、十六年前に竹内彰と小嶋由紀夫が起こした丸山恵理子強姦殺人事件に関わった人たちが、ことごとく不幸に見舞われているのだ。

「奥さん、この似顔絵、しばらくお預かりしていいですか？」

工藤冴子が訊いた。

すると佳子は、

「その前に、わたしの質問に答えてください。その似顔絵の〝おとみさん〟という人はだれなんですか？　十六年前に主人と黒沢さんが逮捕した竹内彰と小嶋由紀夫とどんな関係があるんですか？」

と切羽詰まった顔で訊いてきた。

「実は――」

工藤冴子が言おうとすると、

「工藤さん」

三浦が止めた。捜査中の情報を一般の人に漏らすことは、固く禁止されているのだ。

が、工藤冴子は、隣にいる三浦をちらっと見て睨みつけると、すぐに佳子のほうに向き直って言った。

「これは、まだマスコミには発表していないことですから、くれぐれも内密にお願いします――実は小嶋由紀夫が殺されていたその部屋の壁に、彼の血で〝おとみさん〟という文字が書かれていたんです。当初、自分たちは、それがどういう意味なのか、なにを指しているのかわかりませんでした。しかし、調べを進めていくうちに、〝おとみさん〟というのは、十六年前に竹内彰と小嶋由紀夫が起こした強姦殺人事件の現場にいた男が、インターネット上で使う名前だということがわかったんです」

工藤冴子がひと呼吸おくと、

「でも、あのとき捕まったのは、竹内彰と小嶋由紀夫のふたりだけですよね?」

佳子が訊いた。

「そうです。この〝おとみさん〟と名乗っていた男は、逮捕されていません。おそらくですが、村下さんは、そのことがずっと気がかりだったんだと思います」

工藤冴子の言葉を受けた佳子は考えを巡らしながら、

「ところが、あの事件から十六年経って、主人はその〝おとみさん〟と名乗っていた男をとうとう見つけた……」

と、呟くように言った。

「推測の域を出ませんが、その可能性は高いんじゃないかと思います」

工藤冴子が答えると、佳子は突然、はっとした顔をして、

「もしかして、主人はその〝おとみさん〟という男に殺されたんじゃあ?!……」

と言って絶句した。

「それはあり得ません」

三浦がきっぱりと言った。

「どうしてですか？　どうしてそう言い切れるんですか？」

すっかり興奮している佳子は、食ってかかるように三浦に訊いた。

「いいですか、奥さん。村下さんは、捜査車両の中で、自分に支給されている警察の拳銃を使って亡くなったんです。少しでも不審な点があったら、警察は徹底的に調べます。それに村下さんは優秀な大ベテランの刑事です。素人《しろうと》にそうそう簡単に殺《や》られるはずがありません」

三浦が説得するように力強く言うと、佳子はまるでかけられていた催眠術が解けたように強張らせていた顔の表情が弱々しくなっていった。

「奥さん、ともかく、この似顔絵、しばらく預かって構いませんか？」

工藤冴子が訊いた。

「あ、ええ……」

佳子は、すっかり意気消沈している。

「それからご主人が使っていた携帯電話と、亡くなる直前まで持ち歩いていた手帳を見せていただけませんか？」

「はい。今、持ってまいります」

佳子は仏壇のある部屋に行って、少しすると携帯電話と警察から支給される黒革の手帳を持ってきて、工藤冴子の前に差し出した。

「ありがとうございます。ところで奥さん、ご主人が調布署で特に親しくしていた方はご存じないですか?」

村下の手帳をぱらぱらめくりながら工藤冴子が訊いた。

「そうですね。捜査でコンビを組んでいた高岡さんでしょうか。葬儀のときも一番悲しんでくれていましたから……」

佳子は思い出したのか、目がしらを押さえている。

「ん?」

手帳から携帯電話の着信履歴を見ていた工藤冴子が、小さく声を出した。

「どうしました?」

三浦が小声で訊いた。

「これ――」

工藤冴子が小声で言いながら携帯電話の通話履歴を見せると、村下刑事が死ぬ二日前に本庁の森崎に電話をかけた記録があったのである。

「森崎さんて、今ウチにいるあの本庁の?……」

三浦が独《ひと》りごとのように言うと、

「ああ、主人が信頼していたということでいえば、森崎さんもそうですよ。付き合いも調布署の前の中野署にいたときからで、主人はまるで年の離れた弟のようにかわいがっていましたから。以前は、何度も家に遊びにきたりもしていたんですよ。でも、今はすっかり偉くなっちゃって本庁勤務ですってね」

と、佳子は顔をほころばせて言った。

「村下さんが亡くなる二日前に、森崎刑事と電話で話していたんですね」

工藤冴子が独りごとのように言うと、佳子は少し考える顔になったが、すぐに思い出したようで、

「ええ、思い出しました。そうみたいですよ。葬式にいらしてくれたときに森崎さんから聞きました」

と答えて、それがどうかしたの？　という顔をしている。

「どんな内容だったか、聞きましたか？」

「またいっしょに捜査できたらいいですねって話をしていたんだって言っていました。主人が最後に関わった事件の捜査本部に森崎さんも応援できていましたから……」

佳子は、しんみりした口調で言った。

「あの、つかぬことを訊くようですが、森崎刑事は、村下さんが十六年前に竹内と小嶋が起こした強姦殺人事件の担当刑事だということを知らなかったんでしょうか?」

工藤冴子が緊張した顔で訊くと、

「さあ……でも、どうしてそんなことを訊くんですか?」

佳子は訝しい顔をして訊き返した。

「実は、今、森崎刑事も自分たちといっしょに竹内と小嶋殺しの事件を追っているんです」

工藤冴子の言葉に、佳子はぽかんとした顔をしている。

つまり、森崎が、村下が十六年前に起こした丸山恵理子強姦殺人事件を担当した刑事だということを知っていれば、小嶋由紀夫が殺された現場に残された〝おとみさん〟の血文字を見たとたん、すぐにピンときたはずなのである。

「ああ、そういうことですね」

佳子が急に笑い出しそうな顔をして言った。

ようやく、工藤冴子と三浦が思っていることがわかったようだ。

「だったら知らなかったんでしょうね。だって、知っていたら、森崎さんのことだもの、あなたたちより先に飛んできているはずですもの。そうでしょ?」

それはそうだ。佳子の言うとおりだ。

「そうですね。では奥さん、この携帯電話と手帳もしばらくお預かりさせてもらえますか?」

「ええ、どうぞ」

工藤冴子が言うと、
と、佳子はふたつ返事で了解してくれた。

「じゃ、今日のところはこれで失礼します」

工藤冴子と三浦が立ち上がると、

「森崎さんに、時間ができたら主人に線香を上げにきてくださいとわたしが言っていたと伝えてください」

佳子はそう言って、ふたりを玄関まで見送った。


「まさか、工藤さんも村下さんの自殺に疑問を持っているというんじゃないでしょうね」

工藤冴子の向かいの席に座っている三浦が、粉チーズをふんだんにかけた大盛りのナポリタンスパゲティを口に入れながら言った。

村下の家を出たあと、工藤冴子は村下とコンビを組んでいたという高岡刑事の携帯電話にかけた。

そして、自殺した村下のことについて訊きたいことがあるので、どこかで会えないかと言うと、調布署にほど近い場所にある『ルル』という喫茶店を指定してきたのである。

十五分ほど前に入ったさほど広くない店内には、工藤冴子と三浦の他に客は中年の男が五人いる。

「自殺なんかじゃないとあそこまで奥さんに強く言われたんだ。コンビを組んでいた高岡という刑事に直接会って、本当に不審な点がまったくなかったのかどうか確かめたいと思っただけだ」

注文したアイスコーヒーに手をつけず、捜査車両に乗っていたときから、ずっと見ている〝おとみさん〟の似顔絵から目を離すことなく工藤冴子が言った。

昼時をとっくに過ぎて一時近くになっている。工藤冴子は、いつものように捜査車両の中で携帯しているチューブ入りの健康栄養食品を啜っただけである。

「さっきから、その似顔絵をずっと見てますけど、なんか気になるところでもあるんですか?」

「この顔、どっかで見たことがあるような気がしてな……」

「へえ。十六年前って言ったら、工藤さん、まだ捜査一課じゃなく、生活安全課《セイアン》にいたんですよね。そのころ、補導したことがあるやつとか？」

「だったら覚えているはずだ……」

と、喫茶店のドアが開いた。見ると、三十代半ばくらいの精悍な顔つきをした男が入ってきた。身のこなしから、すぐに高岡刑事だろうと想像がついた。

「高岡です」

案の定、男は工藤冴子と三浦の席にまっすぐにやってきて、軽く一礼して言った。

「工藤です」

工藤冴子は、〝おとみさん〟の似顔絵をファイルにしまい、三浦の隣の席に移動して立ちあがって軽く頭を下げた。

「三浦です」

大盛りのナポリタンスパゲティを驚異的な速さで食べ終えた三浦も、立ちあがって一礼した。

「どうぞ――忙しいところ、すみません」

工藤冴子が高岡に自分が座っていた席に座るように言い、自分も三浦の隣のイスに腰を下ろした。

「いえ。それで、村下さんのことで、署を通さずに僕から直接訊きたいことがあるというのは、どういうことなんでしょう?」

高岡は間近で見ると、整ったというより、工藤冴子にも共通している日本人離れした、いわゆる〝濃い〟顔をしている。

「あまり時間を取らせても申し訳ないので、単刀直入に訊きます。あなたは、村下さんの死をどう思っていますか?」

いつもながら、工藤冴子はストレートだ。

「どう思うって――あんな残念なことはないですよ」

高岡は悔しさを顔に滲ませて言った。とても演技には見えない。心からそう思っているようだった。

「実はさっきまで、村下さんのお宅にいたんですが、奥さんは、村下さんは自殺ではないと強く言っていました。第一、遺書はおろか、それらしきものもなかったのだからと。それに亡くなる直前まで警察を定年退官したら、夫婦で豪華客船で世界一周旅行に出ようと言っていた主人が自殺などするはずがないとも言っていました」

「ええ。僕も奥さんから何度も同じことを聞かされています。しかし、現場の状況からどう考えても自殺です。疑う余地はありません」

「そうですか。では、村下刑事はノイローゼだったということですが、ノイローゼになるような原因は何かあったんでしょうか？」

「いえ、自殺のはっきりした原因はわかっていません。ただ、ここ最近、疲れていたことは確かです。それに考え事もあったようで、ぼーっとしていることも多かったです。でも、何かあったんですかって訊いても、自分には答えてはくれませんでしたけど。ま、他人に言えない理由で悩んでいたからこそ、あんなことになったんだと思いますが……」

自分だって納得なんかしていない。しかし、そう考えるほかないではないか——高岡の顔にはそう書いてある気がした。

そして、注文を取りに来たウェイトレスにアイスコーヒーを頼むと、高岡はコップの水をひと飲みして口を開いた。

「しかし、渋谷署のあなたがたが、どうして村下さんの死について調べているんですか？」

高岡が訝るのは当然である。

「ああ、自分たちは今、渋谷のボーイズバー『ルーキーズ』の経営者・竹内彰殺害事件と銀竜会系有馬組構成員の小嶋由紀夫殺害事件の捜査をしているんです」

「ああ、あの事件を——」

「殺されたふたりは、十六年前に練馬の幼稚園教師をしていた女性を強姦して殺害した犯人だったことは知っていますよね」

「ええ、もちろん」

「実は、あのふたりを逮捕した刑事のひとりが、当時練馬署にいた村下さんだったんです」

「?!——そうだったんですか?」

高岡はひどく驚いた顔をして、目を丸くした。

「村下さんとあなたはコンビを組んでいたと聞いていますが、ご本人から聞いたことはなかったんですか?」

黙っていた三浦が訊くと、

「村下さんは、そもそも口数の多いほうではなかったし、自分が解決した事件を自慢するような人ではなかったですから……しかし、そうだったんですか。あんな大きな事件を解決した人だったんですね、村下さんは。そんな人があんな形で亡くなるなんて、ますます残念です」

高岡は改めて村下の死を惜しみ、しんみりした口調で言った。

村下が高岡にも言っていないのであれば、森崎にも丸山恵理子強姦殺人事件のことや〝おとみさん〟の存在についても言っていなかったとしても不思議ではない。

「それで、自分たちはふたりを殺害した犯人につながる手がかりになるようなものを、村下さんが何か残していないかと思って、ご自宅を訪ねたというわけです」

「それで何かありましたか?」

高岡は興味津々という顔をしている。練馬署の利根川刑事もそうだったが、これほど世間に注目された事件なのだ。刑事ならば、興味を抱いて当然だろう。

「いえ、特には——」

工藤冴子は、さらりと嘘を言ってのけた。

高岡に〝おとみさん〟の似顔絵があったことを黙っているのは、何か考えがあってのことなのだろう——三浦も素知らぬそぶりを貫いた。

「ところで、村下さんが最後に関わった事件《ヤマ》ですが、本庁から森崎刑事が応援にきていたそうですね。これも奥さんから聞いたんですが、なんでも村下さんと森崎刑事は、昔からの知り合いだったんだとか——」

村下刑事が最後に関わった事件は、調布に住む三十八歳の主婦が買い物帰りに何者かにナイフで刺殺されるというものだった。

当初は通り魔による犯行という見方が支配的で、捜査は難航したが、ひと月ほどかかってようやく犯人《ホシ》は、被害者の息子の家庭教師をしていた大学生だということがわかって逮捕された。

被害者の主婦と犯人《ホシ》は肉体関係があったのだが、家庭が壊れることを恐れて関係を清算しようとした主婦を憎んでの犯行だった。

「ええ。森崎刑事とは村下さんが調布署に来る前にいた中野署でいっしょだったと聞いていました。ま、それだけに村下さん、捜査の最中は本庁と所轄である自分たちの間で苦労されていました」

「どういうことですか?」

三浦が訊いた。

「事件が解決した今だから言えることですが、あのときの捜査主任は本庁から森崎刑事を連れてやってきた塚田という管理官だったんです。その人がウチの署長と同期でしてね、捜査方針を巡ってことごとく対立したんです」

工藤冴子と三浦は思わず、顔を見合わせた。

「塚田管理官は、よほど森崎刑事のことがお気に入りなんですね。実は、今自分たちが追っている事件《ヤマ》の捜査本部も、その本庁の塚田管理官が捜査主任で、森崎刑事を連れてきています」

工藤冴子が言うと、

「あなたがたが今追っているようなマスコミが大騒ぎする重要事件なら、本庁の管理官が捜査の指揮を執《と》るのはわかります。しかし、あの主婦殺しの事件《ヤマ》は、何も選《よ》りによってキャリア組の管理官が、わざわざやってくるほどのものじゃないでしょ」

高岡は苦笑いを浮かべて言った。

警視庁の人間が所轄署にやってくるのは、殺人事件や放火事件といった凶悪事件が起き、捜査本部が立ち上がることになった場合である。

どんな立場の人間が何人くるかは、明確な決まりはないが、階級で言えば警視である管理官が所轄署にきて捜査を指揮する場合は、たいていの場合、現場経験を積んだノンキャリアの管理官がやってくるのが普通だ。

だが、調布署の事件に塚田管理官がわざわざ出向いたのは、どうやらキャリアの同期同士の腕比べ的な要素が強かったようだ。

いや、潰《つぶ》し合いといったほうがよいのかもしれない。日本全国の警察官はおよそ三十万人弱だが、そのうちキャリアはわずか五パーセントしかいない。人数が少ないぶん、その出世競争は熾烈を極めると聞いている。

「ウチの署長は通り魔の犯行だと主張したのに対して、塚田管理官は怨恨だと主張して現場はずいぶん混乱しましたからね。ま、一番大変だったのは、塚田管理官に呼ばれてたったひとり連れて来られた森崎刑事ですけど、彼は運が良かったですよ、かつて中野署でいっしょでかわいがってもらっていた村下さんがいましたからね。現場で森崎刑事が孤立するというようなことはなかったですから」

「で、結局、塚田管理官が主張した怨恨の線で事件は解決したわけですよね？」

三浦が口を挟んだ。

「塚田管理官が主張したというより、森崎刑事の見立てを信じた塚田管理官の勝利と言ったほうが正しいですね。だから、ウチの署長のメンツはまる潰れですよ。あの婿《むこ》野郎に負けたと言って悔しがったのなんのって」

「その噂は有名なんですね」

三浦が反応した。

「そういう噂が広まるのは、やっかみもあるんでしょうけどね。塚田管理官は結婚前は、ええと――ああ、梨本《なしもと》って苗字だったそうですよ。さしずめ、出世のために警察上層部のお偉いさんの娘さんと結婚したってとこじゃないですか。それはさておき、そのうえ、村下さんがあんなことになったので、ウチの署長はキャリアとしての経歴に傷がついてしまって、今もだれ彼となく八つ当たりしまくっていてみんな針のむしろ状態です」

高岡は自虐的な笑みを浮かべている。

「そうですか――ではもう一度確認しますが、あなたは、村下刑事の死は自殺だということに疑いの余地はないと思っているんですね？」

工藤冴子が念を押すと、

「はい。拳銃を撃った右手と衣服からは硝煙反応も出ましたしね。確かに遺書はありませんでしたが、自殺以外に考えられません」

と、高岡はきっぱり答えた。

「わかりました。お時間を取らせました。どうもありがとうございます」

「では、僕はこれで――あなたがたが追っている、あの事件が早期解決することを願っています」

高岡はそう言ってアイスコーヒーを一気に飲み干して立ちあがり、アイスコーヒー代を出そうと財布を取り出した。

「ここは結構です」

「そうですか。では、ごちそうになります」

高岡は一礼して、工藤冴子と三浦の前から去って行った。

「工藤さん、村下刑事は、もしかすると〝おとみさん〟のことが原因で自殺したとは考えられませんか？」

高岡が店から出て行ったのを確認してから三浦が訊いた。

「ああ。その可能性も否定できないな」

「じゃ、どうして高岡刑事に、あの似顔絵のことを言わなかったんです？」

「寝た子を起こすようなことをしたってしょうがないだろ」

高岡は、村下の自殺は原因のわからないノイローゼによるものだと懸命に自分を納得させているように思えた。

そんな高岡に憶測に過ぎない原因らしきことを教えたところで、高岡の気持ちをざわつかせるだけだと工藤冴子は考えたのだ。

「それにこの似顔絵は、自分たちにとって極めて重要な捜査情報だ。軽々しく捜査本部以外の人間に他言することじゃない」

工藤冴子はそう言って、伝票を持って立ちあがった。


工藤冴子と三浦が、捜査本部に戻ったのは午後三時を少し過ぎていた。

「自殺した調布署の村下さんが、竹内彰と小嶋由紀夫を逮捕した刑事だった?!……」

工藤冴子から話を聞いた森崎は、唖然とした顔になった。

捜査本部には本宮課長と森崎、谷、庶務班の女性警察官が数人いるだけである。北村係長をはじめとした二係の連中や深川署から応援に来ている若いふたりの刑事たちは、今も現場付近や関係者への聞き込みをつづけているはずだ。

塚田管理官は、工藤冴子と三浦が帰ってくるのと入れ替わりに本庁に用事があるといって出かけたという。

「驚くのはそれだけじゃない。亡くなる二週間ほど前から、村下さんは署から家に帰ると、毎晩これを思い詰めた顔をして見つめていたそうだ」

工藤冴子が、村下の妻の佳子から預かってきた〝おとみさん〟と書かれた二枚の似顔絵をテーブルの上に差し出した。

「これは……」

本宮課長が思わず声を上げた。谷と森崎も目を剝いて見つめている。

「ところで、森崎刑事、村下さんが亡くなる二日前に、村下さんはあんたの携帯に電話しているが、どんな用件でかけてきたんだ?」

工藤冴子が、村下の妻の佳子から預かってきた村下の携帯電話の着信履歴を見せて訊いた。

「たいした用じゃなかった。いっしょに捜査した調布署管内で起きた主婦殺害事件が解決して気が抜けてしまったとか、あと二年もしないうちに定年退官すると思うと、とても寂しいというようなことを言っていた。なにしろ村下さんは、根っからの刑事《デカ》だった人だからね」

森崎は、顔色を青くしている。

「しかし、その村下刑事が自殺する二週間ほど前から、この似顔絵を毎晩のように見るようになったんだよな？　ということは、もしかすると十六年前の強姦殺人事件のもうひとりの共犯者だった〝おとみさん〟を発見したからなんじゃないのか？」

本宮課長が言った。

「たぶん、そうだと思います——森崎刑事、亡くなった村下刑事から、この〝おとみさん〟のことを本当に何も聞いていないのか？」

工藤冴子は、本宮課長から森崎に視線を移して訊いた。

「聞いていない……」

森崎は無念そうに首を力なく横に振った。

「しかし、そもそも村下刑事は、どうしてそんな似顔絵を持っていたんだ？　この似顔絵のタッチは、どう見ても鑑識の人間が描いたものだ。〝おとみさん〟という共犯者がいることを裁判の最終意見陳述でバラした小嶋由紀夫が、取調べでも吐いたということなのか？」

「そうとしか考えられませんね」

「だが、供述調書には、〝おとみさん〟という名前も、もうひとりいたということもひと言もなかったんじゃないのか？　いったいどういうことなんだ……」

谷は、わからんとばかりに、五分刈りのごま塩頭をがりがりと手で激しく掻きながら言った。

「考えられることは、ただひとつです」

「なんだ？」

本宮課長が訊くと、そこにいた全員が工藤冴子に視線を集中させた。

「供述調書の改ざんです」

「なんだと?!」

本宮課長が声を荒らげた。他の人間たちも、驚いて目を見開いている。

「言われるまでもなく、これも憶測です。しかし、どう考えてもそれしかありません。そして、その改ざんをしたのは、供述調書を作成した黒沢元刑事だと、自分は考えています」

「その根拠はなんだ」

いい加減なことを言うのは許さんぞ——本宮課長の目はそう言っている。

「事件を起こした竹内彰と小嶋由紀夫を逮捕し、取調べを行った黒沢刑事と村下刑事はそれまでとても仲の良い先輩と後輩の間柄だったそうです。しかし、丸山恵理子強姦殺人事件の直後から、ひどく関係が悪くなったそうです」

「だからといって、おまえ――」

「だったら、他にどう考えればいいんです?! じゃ課長は、これでもまだ〝おとみさん〟という共犯者はいなかったという気ですか? 死んだ村下刑事の妄想だとでも言うんですか?!」

「そうは言ってない。しかし、その黒沢刑事はどうしてそんなことをしなきゃならなかったというんだ? 供述書の改ざんなど、そんなことが発覚したら、懲戒処分ものなんだぞ。ベテランの刑事がそんなことをするなんて、とても信じられん」

「課長は信じたくないだけじゃないんですか? これまで警察官の不祥事がいったい何件あったことか、今更言うまでもないでしょ」

「くっ……」

工藤冴子と本宮課長は、今にも摑みかからんばかりに睨み合っている。

そんなふたりの間に割って入るようにして、谷が口を開いた。

「つまり、あれか……竹内彰と小嶋由紀夫を逮捕して取調べを行ったものの、〝おとみさん〟と名乗るもうひとりの共犯者を捕まえることができなかったために、黒沢刑事は手柄を焦ったのか、それともほかにどんな理由があったのかはわからんが、いずれにせよ主犯は小嶋由紀夫、共犯者は竹内彰ということで一件落着させた。だが、村下刑事はそれには納得できず、いつか自分で捕まえようとして小嶋由紀夫の証言をもとに鑑識に〝おとみさん〟の似顔絵を作らせて、それを持っていた――」

谷の言葉を受けるようにして三浦が、

「そして、十六年経った今、その〝おとみさん〟を村下刑事はとうとう見つけ出した。しかし、殺人罪の時効は撤廃されたけれど、十五年相当の罪である共犯は時効が成立してしまっているからどうすることもできない。そのことで村下刑事は良心の呵責《かしゃく》と自責の念にかられて……」

三浦はその先の言葉を濁した。

「もしかすると、亡くなる二日前に村下さんが電話してきたのは本当は、そのことをおれに言いたくてしてきたんじゃ……」

森崎は悔しそうに顔を歪めて声を詰まらせた。

「刑事《デカ》としてのイロハを教えた森崎君に、すべてを打ち明けようと電話をしたものの、いざとなったら言えなかったということか……」

本宮課長は森崎に同情のまなざしを向けて言った。

「ということはだ、この〝おとみさん〟は、村下刑事の近くにいたということになるんじゃないか?」

谷が言った。

「ええ。そして、竹内彰と小嶋由紀夫を殺し、次にこの〝おとみさん〟をターゲットにしている犯人《ホシ》も、そう遠くないところにいるような気がします」

工藤冴子がそう言うと、だれかの携帯電話が鳴った。何か言おうとしていた本宮課長のだった。本宮課長は胸ポケットから携帯電話を取り出して、会議室の隅へ移動していった。

そして、少しすると、戻ってきて、

「塚田管理官からだった。二時間後に、緊急の捜査会議をするそうだ」

と言い、庶務班の女性警察官に向かって、

「各捜査車両に大至急本部に戻るように無線連絡してくれ」

と命じた。

「緊急の捜査会議って、管理官、何か重大なことを摑んだんですかね?」

捜査本部がある四階の会議室から、六階の自分たちの部屋で待機することにした工藤冴子にいっしょについてきた三浦が言った。

「だといいんだがな——」

自分の席に座った工藤冴子は気のない声で言うと、久しぶりにポケットから知恵の輪を取り出していじりはじめた。

工藤冴子の隣の席で手持ち無沙汰の三浦は、ふと思い立ってパソコンを立ち上げて検索エンジンに〃おとみさん〃と入力して検索してみた。

そして、おもしろそうな項目を眺めていると、浮世絵風の男と女の絵が描かれたレコードジャケットがあった。

そのジャケットの左端に縦書きの『ディスコお富さん』という日本語タイトルがあり、すぐ近くに横書きで左から右に『DISCO OTOMISAN』という英語のタイトルが書かれていた。

「へえ。工藤さん、お富さんて歌、アメリカのエボニー・ウェッブってグループにカバーされたことがあるんですね。ほら——」

と、ノートパソコンを工藤冴子に向けた。

工藤冴子は、ちらっと見ただけで、「ふーん」と、つまらなそうに言ったきり、また知恵の輪に目を向けた。

「七七年にリリースされて、発売二週間で二十万枚突破したそうですよ。これ、クリックするると歌が聞けるみたいですね。ちょっと聞いてみませんか?」

と、三浦が言って、クリックしようとすると、

「おい、ちょっと待て」

工藤冴子が知恵の輪をポケットに慌ててしまい、三浦のパソコンの画面を自分のほうに向けた。

「どうしたんですか?」

三浦が訳がわからず訊くと、『ディスコお富さん』のレコードジャケットをじっと見つめていた工藤冴子がようやく口を開いて、

「わかった——わかったぞ、犯人《ホシ》が!……」

と、興奮を隠さずに声を荒らげて言った。


「こんなところに、わたしを連れてきて、いったいどういうつもりだ?」

渋谷署の十階にある会議室に連れてこられた塚田管理官は、本宮課長と工藤冴子、三浦の三人に向かって露骨に不愉快な顔をして言った。

時刻は七時半になろうとしていた。高層階から見える夜の渋谷の光景は、震災前ほどではないが、宝石をちりばめたようにネオンが美しく輝いている。

「管理官、ようやく十六年前に起きた丸山恵理子強姦殺人事件の共犯者のひとりで、〝おとみさん〟というハンドルネームを使っていた男が何者なのかわかったんです」

本宮課長と三浦の間に立っている工藤冴子が言った。

「ほお、だれなんだ?」

「お答えする前に、管理官、あなたが竹内彰と小嶋由紀夫を殺害した犯人《ホシ》が、丸山恵理子と交友があった女だとする根拠を教えてくれませんか?」

緊急の捜査会議を開く。外に出ている捜査員全員を至急、捜査本部に集めろ――本宮課長の携帯に電話してきた塚田管理官は、一時間ほど前、全捜査員が揃うと唐突に犯人《ホシ》は丸山恵理子と交友があった三十代の女だと断言したのである。

「詳しくは言えないが、確かな筋からの情報だ」

塚田管理官の銀縁の眼鏡《めがね》の奥にある、爬虫類を思わせる細く鋭い目が泳いでいる。

「管理官、さっきからずいぶん顔色が悪いようですが、何かあったんじゃありませんか?」

工藤冴子がからかうような口調で言った。

「工藤、わたしを怒らせて、いいことなどひとつもないぞ」

塚田管理官はドスを利かせて言った。

が、工藤冴子はひるむどころか、

「それは、あなたがこのまま管理官でいられたらの話だ」

と、冷たく視線を向けながら突き放すように言った。

「なにぃ？」

塚田管理官は目を剝《む》いた。

「管理官、お嬢さんが誘拐されたというのは本当ですか？」

「！――」

本宮課長の問いに、塚田管理官は言葉を失った。

「どうやら、本当のようですね……娘さんを誘拐したという犯人から、こんなものが送られてきました」

本宮課長は強張った顔をして言いながら、胸の内ポケットから送られてきたファクス用紙を取り出した。

そのファクスは、塚田管理官が渋谷署に到着する十分ほど前に、捜査本部の部屋に設置してあるファクス機に届いたものだ。パソコンで書かれた文字が並んでいる。

庶務班の女性警察官からそれを受け取った本宮課長は、すぐに工藤冴子を呼んだ。

『本当だと思うか？』

本宮課長が動揺を隠さずに訊くと、

『ええ。課長、このファクスのことは、自分たち以外の人間に口外しないでください』

工藤冴子は、まるでこうなることを予想していたかのように冷静な表情で言った。

『どういうことだ？』

本宮課長は、狐につままれたような顔をしている。

『これで、〃おとみさん〃の正体がはっきりしました——』

工藤冴子がきっぱりとした口調で言うと、本宮課長は目を見開いて絶句したのだった。

「娘を誘拐した女は、なんだと書いてきたんだ……」

塚田管理官は、醜いほど顔を歪めて訊いた。

「塚田管理官の娘、玲奈《れいな》を預かっている。二日後の午後三時に記者会見を開き、自分が行ってきたすべての悪事を告白しなければ娘の命はない——以上です。管理官、いったいどういうことなのか詳しく話してください」

本宮課長が苦しげに言うと、塚田管理官はぐらっと倒れそうになるのを会議室のテーブルに手をついて支え、テーブルの下のイスを引いて座った。

「さっきまで、わたしは本庁ではなく自宅に戻っていたんだ。妻から電話があって、午前中、スーパーに娘と買い物に行ったら娘とはぐれてしまった。スーパーの店員に迷子のアナウンスをしてもらったり、周辺を散々探してもらったが見つからなかった。そして、家に戻ってどうしたらいいのかと考えていたら、家の電話が鳴った。出てみると女の声で、娘を誘拐したと言ったというんだ。わたしは、ピンときた。娘を誘拐したのは、竹内と小嶋を殺した犯人の仕業だと……」

「何故なら、塚田管理官、犯人《ホシ》が次にターゲットにしていた、〝おとみさん〟があなただからですね?」

工藤冴子は、冷静な声で尋ねた。

「どうして、わたしが〝おとみさん〟のハンドルネームを使っていた男だということがわかった……」

観念した塚田管理官は、両手をピシッと七三に分けた髪の毛に持っていき、掻きむしりはじめた。

そんな塚田管理官に工藤冴子は、冷徹なまなざしを向けている。

「今思うと、小嶋由紀夫が死体で発見されたという連絡が管理官の携帯電話にかかってきたときから、何かひっかかっていた。あの電話は、深川署の猪瀬課長からのものだったけど、確認したところ、彼は〝こじまゆきお〟という名前がどういう漢字かまでは言っていなかった。にもかかわらず、自分が塚田管理官、あなたに、どういう字を書くのかと訊いたとき――」

工藤冴子は、会議室の前方にあるホワイトボードのところに行ってマジックインキを手にすると、

「あなたは即座に、〝こじま〟を〝小さい島〟ではなく、面倒なほうの〝小さい〟に〝山ヘンの嶋〟と書いた。名前の〝ゆきお〟も〝幸せに夫〟と書くのもあれば、〝行くに雄〟と書くのもあるけど、あなたは迷わず、こう書いた」

『小嶋由紀夫』——。

「——やつのことを知っている人間でなければ、できることじゃない」

塚田管理官は、不貞腐《ふてくさ》れたように顔を横に向けている。

「でも、それに気づき、確認したのは、ほんのついさっきです。次に、ひっかかったのは、調布署の村下刑事が持っていた似顔絵を見たときだった。あれを見たとき、どこかで会ったことがあると思ったけど、思い出せなかった。十六年前と今のあなたとじゃ、あまりに風貌が違っていたからです。だけど、唯一変わっていなかったものがあった。それは目だ。たとえ整形手術で目の形を変えても、瞳だけは変えられない」

「噂どおり、ただのじゃじゃ馬女刑事じゃなかったな……」

塚田管理官は皮肉な笑みを浮かべている。

「しかし、管理官が〝おとみさん〟だと確信したのは、やはり〝おとみさん〟というハン

ドルネームが、あなたの名前に由来していたものだったことがわかったときです。もっとも、もし、あなたの結婚前の名前が、梨本耕太郎だということがわからなければ、ずっと気づかなかったかもしれない」

工藤冴子は、再びホワイトボードにマジックインキを走らせながら、

「あなたが、若いころ使っていたハンドルネームの〝おとみさん〟をローマ字で書けば、こうなる――」

と言って、大文字で左から右へ『OTOMISAN』と書いた。

「しかし、これを右から読めば――NASIMOTOになる。単純といえば単純だが、偶然にしてもよくできた、実におもしろいアナグラムだ」

三浦は、工藤冴子の観察眼と洞察力に、改めて感心していた。

『ディスコお富さん』のレコードジャケットを一瞬見ただけで、OTOMISANが逆から読めばNASIMOTOになると見抜いたこともさることながら、練馬署の高岡刑事がたった一度、塚田管理官の旧姓が〝梨本〟だと言ったことを忘れずにいたのだから、あっぱれと言うより他にない。

工藤冴子はつづけた。

「十六年前、東大受験に二度失敗し、鬱屈《うっくつ》した気持ちで浪人生活をしていたあなたは、こ

の〝おとみさん〟というハンドルネームでネットサーフィンをしていた。そしてあるとき、〝バンブー〟こと竹内彰と同じように、〝スノーマン〟こと小嶋由紀夫が書き込んでいた掲示板を見つけ、丸山恵理子を強姦しようという呼びかけに参加した――」

しかし、まさか小嶋由紀夫が丸山恵理子を殺害するとは思っていなかった。そして、小嶋由紀夫と竹内彰が捕まったことを知った、おとみさんこと梨本耕太郎は、このままでは自分も逮捕されるのではないかと焦り、恐れ慄《おのの》いた。

「そしてあなたは、とうとう告白した。当時、警視庁刑事部部長という要職にあった父親の梨本威夫《たけお》にだ。父親は怒り狂っただろうが、もみ消すしかないと判断した。それは息子のためであると同時に自分のためでもあり、ひいては警察組織を守るためだという身勝手な屁理屈で己を納得させて……」

キャリア組のエリート警察官僚だった梨本威夫は、練馬署に捜査を打ち切るように圧力をかけた。もちろん直接ではない。いくつものルートを経由させてだった。そうすれば所轄の練馬署長でさえ圧力の源はわからない。

こうして、小嶋由紀夫と竹内彰を逮捕し、取調べを行って供述調書を作成した黒沢刑事の手によって、〝おとみさん〟というハンドルネームを持つ共犯者の存在は消された。

しかし、そんな上層部の圧力に屈して真実を隠蔽することに納得がいかなかった男がいた。村下刑事だ。彼は密かに小嶋由紀夫ひとりなのか、それとも竹内彰の協力も得たのか定かではないが、ともかく鑑識の人間に〝おとみさん〟の似顔絵を作らせたのである。だが、本名もわからず、何ひとつ物証もないのでは、〝おとみさん〟という人間を特定することは難しかった。そして時は、あっという間に過ぎていった。

ところが、運命はいたずらだった。事件から十六年という歳月が経ち、調布署の刑事となっていた村下は思ってもみなかった形で、〝おとみさん〟と再会したのである。

「――主婦殺害事件が起き、所轄の調布署に設置された捜査本部に、似顔絵の〝おとみさん〟を彷彿とさせる男がやってきた。しかも、こともあろうに本庁の管理官としてだった。村下刑事は、おそらくまさかと、もしやという思いが半々だっただろう。そして、密かに塚田管理官の素性を調べはじめた。すると、父親が警視副総監まで務めたエリート警察官僚のひとり息子であるはずのあなたが結婚を機に、何故か梨本姓から妻の塚田姓になったことを知った。あなたの奥さんの実家は開業医だが、奥さんの兄が後を継ぐことになっていたし、あなたが塚田姓を名乗る必然性はどこにもない。なのにわざわざ名前を変えたのには、絶対に意味がある。そして、村下刑事は思い出した。竹内彰のハンドルネームが苗字の『竹』から〝バンブー〟とつけ、小嶋由紀夫は名前の『ゆきお』から〝スノーマン〟とつけていたことを。だから、きっと、〝おとみさん〟も『梨本耕太郎』につながる意味が隠されているに違いないと——村下刑事が、どうやってローマ字の〝おとみさん〟から〝梨本〟にたどりついたかは、亡くなっている今、自分にはわからない。だが、塚田管理官、あなたなら知っているんじゃないのか？」

「どういう意味だ……」

塚田管理官は、ふてぶてしい顔つきで、工藤冴子を見つめて言った。

「この期に及んでもまだシラを切るつもりか。それならそれでいい。あなたの娘がどうなろうと、自分たちは知ったこっちゃない。そうですよね、課長？」

工藤冴子は、本宮課長を鋭い目つきで睨みつけて言った。

「塚田管理官、我々に真実をすべて話してください。調布署の村下刑事の死にあなたは関与しているんですか？」

本宮課長は、微妙なニュアンスの言葉で問い質《ただ》した。

塚田管理官は、じっと何かを考えているようだったが、しばらくして工藤冴子に視線を向けると、まるで別人のように弱々しい声で、

「約束してくれ。娘を——玲奈を必ず助け出すと……頼む。このとおりだ」

と言って、テーブルに両手と額をつけて頼み込んだ。

「すべてを正直に話してくれさえすれば、出来る限りのことはしてみます」

工藤冴子が言うと、塚田管理官は顔を上げて宙に視線を泳がせながら語りはじめた。

「あれは、調布の主婦殺しの犯人《ホシ》が挙がってから三日後の夕方だった。突然、村下刑事から携帯に電話がかかってきたんだ。自分は、十六年前に練馬で起きた丸山恵理子強姦殺人事件の犯人の竹内彰と小嶋由紀夫を逮捕し、取調べを行った刑事のひとりだと。そして、あなたはあの事件の共犯者のひとり、〝おとみさん〟だろうと言ってきた。わたしがなんのことだとシラを切ると、村下刑事は証拠があると言った」

「証拠？」

工藤冴子が反応した。証拠があるなど、予想していなかったのだ。

「ああ。丸山恵理子の体内には三種類の精液があったというんだ。もちろん、そのうちの二種類は竹内と小嶋のものだが、もう一種類の精液はごく微量で、当時は鑑定できなかったが、現在のＤＮＡ型の鑑定技術なら容易に鑑定できる。だから、鑑定に協力しろという。そして、あの事件の共犯者のひとり〝おとみさん〟があなただということがはっきりしたら、罪は時効になってはいるが、そんな人間が警察官でいることを自分は絶対に認めるわけにはいかない。即座に辞職しなければ、このことをマスコミに公表すると言った――」

塚田管理官は、鑑定に協力するから、ふたりきりで会って話をしようと持ちかけた。

そして午後九時ごろに京王多摩川駅で落ち合い、村下の運転する捜査車両の助手席に乗って河川敷に向かい、車の中ですべてを認めた。

話を聞き終えた村下は、つい油断した。そのとき塚田管理官はポケットに忍ばせていたスタンガンを当てて気を失わせた。

「それが十時ごろだ。京王線の河川敷のあの辺りは、その時間になるとひとっ子ひとりいなくなる。わたしは、村下が携帯していた拳銃を抜き取ってこめかみに当てて発砲した。それから、今度は村下に拳銃を握らせて、車の天井に向けてもう一発撃った。自殺したように本人の手や衣服に硝煙反応を残すためと、ためらいの銃弾を撃ったように思わせるためだ」

言い終えた塚田管理官は、犯罪者が罪を認めたあとに穏やかな表情になるのと同じように、ほっとした顔になっていた。

会議室は、なんともいえぬ重苦しい沈黙と静寂に包まれた。

が、突然、工藤冴子が、うあぁぁ〜っという腹の奥底から絞り出すような低い叫び声を上げて、塚田管理官のもとに向かった。

そして、イスに座っている塚田管理官の胸ぐらを掴んで立たせると、いきなり右拳で顔面を殴りつけた。

ガシッ！――鈍い音がすると同時に、塚田管理官の銀縁の眼鏡が宙に飛んだ。

「このクソ野郎！　てめえが自殺しやがれ！」

工藤冴子の怒りは治まるどころか、ますます激しくなって、なおも殴りつけようとしている。

「やめろ、やめるんだ、工藤！」

「工藤さん、もういいでしょ！　やめてください」

本宮課長と三浦はふたりがかりで工藤冴子を背後から羽交《はが》い絞めにして、塚田から無理やり引き剝《は》がした。

塚田は壁に背をもたれさせながら、へなへなと座り込み、口の中を切って出た血を、ペッペッと吐きだしている。

そんな塚田を工藤冴子は荒い息をしながら見下ろして、まだ襲いかからんばかりに手足をばたつかせている。

それにしても、塚田はどうしてそんな罪を犯していながら、警察官の道を目指したのだろう？　父親が奨《すす》めたのだろうか？　それもあったのかもしれない。

いや、もしかすると、自分の過去が暴かれることを恐れたからではないか？　そんなことが起きないように監視し、発覚しそうになればいち早くもみ消そうと考えたからこそ、キャリアとしては異例の捜査一課を希望したのではないか?――三浦は、そんなことをぼんやりと思っていた。

塚田管理官の娘が誘拐されて犯人からなんの連絡もないまま、あっという間に二日が過ぎた。

渋谷署は捜査員を大幅に増員して、丸山恵理子と交友があったすべての女性を当たったが、塚田管理官の娘を誘拐した犯人を見つけることはできなかった。

その一方で、塚田の妻が娘とはぐれたというスーパーの防犯カメラの映像を取り寄せてチェックすると、塚田の娘の玲奈と思われる六歳の女の子を手招きして外に連れ出す三十歳過ぎの細身の女の姿を確認することはできた。

しかし、キャップを目深にかぶった上に大きなマスクをしているために、どんな顔をしているのかまったくわからなかった。

そして、数十人の捜査員を投入して時間の許す限りスーパー周辺の聞き込みをつづけたが思わしい情報を得ることはできなかった。

いよいよ記者会見を開き、塚田管理官に犯した罪のすべてを告白させろという午後三時が刻々と近づいてきた。

会見場となった渋谷署の捜査本部には、一時間以上前から百人近い報道関係者と何台ものテレビカメラが会見がはじまるのを待ち構えている。

午後三時まで、あと十分——十階の奥にある署長室で佐々木署長と塚田管理官といっしょに待機していた本宮課長のもとに、ついに朗報はもたらされなかった。

「署長、そろそろです——」

緊張した面持ちの本宮課長が、顔面蒼白の塚田管理官の腕を掴んでソファから立ち上がらせると、佐々木署長も仏頂面《ぶっちょうづら》をして立ち上がり、ドアに向かった。

署長室を出てエレベーターに乗り、佐々木署長を先頭に塚田管理官、本宮課長の順に縦に並んで四階の捜査本部がある会議室の前方のドアを開くと、いっせいにカメラのフラッシュが焚《た》かれた。

そして、マイクが三本用意されたテーブルに着くと、佐々木署長が口を開いた。

「本日は、たくさんの報道陣の皆さまにお集まりいただき、大変恐縮しております。それでは、これより警視庁捜査一課塚田管理官より、国民の皆様方に謝罪したいことがございますので、本人よりご報告いたします。なお、ご質問等は、この場ではお受けいたしませんことをご了承ください。では、塚田管理官——」

長テーブルの左端にいる佐々木署長が言うと、右端の本宮課長との間に挟まれて真ん中に座っている塚田管理官が、胸の内ポケットから文書を取り出して口を開いた。

「私は、今日まで警視庁捜査一課管理官として捜査現場の最前線で指揮を執《と》る職務を行ってまいりましたが、本日をもってその職を辞することにいたしました。理由は、次のとおりです。私は今から十六年前、練馬三丁目で起きた丸山恵理子強姦殺人事件の共犯者でありながら、そのことを秘匿し、罪から逃れつづけてきたのです――」

会場が大きくざわめいた。塚田管理官は、昨日のうちにすっかり腹をくくったのか、顔色を蒼白にさせてはいるが、堂々としたものである。

むしろ、その隣にいる本宮課長のほうが緊張し、さっきからハンカチで冷や汗をぬぐってばかりいる。

そんな三人の様子を、本庁の森崎刑事、北村係長以下、谷や坂野、田端、飯沢らが会場の四隅に立って見守っているが、工藤冴子と三浦の姿はなかった。

「あの事件から昨年で十五年経ち、私の罪は時効成立していますが、人道的道徳的な見地に立てば永遠に許されることではありません。まして、正義を守る警察官の職に留まることなどなおのこと許されることではなく、本日をもって職を辞することにした次第です。ご遺族の丸山家の方々、そして国民の皆様、誠に申し訳ありませんでした。心から謝罪いたします」

塚田管理官がそう言うと立ち上がり、佐々木署長と本宮課長も同時に立って、深々と頭を下げげた。

三人の姿は夥《おびただ》しい数のカメラのフラッシュが当てられ、数十秒間ホワイトアウトして見えなくなった。

「会見は以上です。なお、ご質問等は日を改めましてお受けいたしますので、本日は速やかにお帰りくださいますよう、よろしくお願いいたします」

本宮課長がマイクを通しているにもかかわらず、耳が痛くなるほどの大きな声でまくしたてた。

それを合図に北村係長たち刑事は、会議室のドアを開き、マスコミの人間たちを先導する形で会議室から整然と立ち退かせていった。

二十分ほどで、会見場となっていた会議室に静寂が戻り、佐々木署長が無言のまま出ていき、強行犯二係を中心にした元の捜査本部の人間たちだけが残った。

なんとも重苦しい沈黙が、しばしつづいたそのときである。

「これで満足か？　森崎刑事――」

佐々木署長が出ていったドアが突然開き、工藤冴子が会議室に入ってくるなり言った。

「工藤――」

塚田管理官の隣に座っている本宮課長が、待ち遠しかったぞと言わんばかりの疲れ切った顔を向けて言った。

が、工藤冴子は本宮課長のほうは見ず、北村係長のそばにいる森崎に向かってつづけた。

「さすがに村下刑事を自殺に見せかけて殺害したことまではマスコミの前では発表させるわけにはいかなかったが、二日前、自分と三浦、それに本宮課長の前で自供している。それは、ちゃんとここに収めてあるから安心しろ」

工藤冴子はポケットからICレコーダーを取り出して見せると、

「だから、これでもう終わりにしよう。森崎守、おまえを竹内彰、小嶋由紀夫殺害容疑並びに塚田玲奈略取容疑で逮捕する」

と言った。

「?!――」

森崎のそばにいた北村係長たちが、いっせいに身を引き、驚いた顔をして森崎を見つめた。

「工藤、どういうことなのか説明しろ」

北村係長がもどかしそうに言った。

「三浦──」

工藤冴子が入ってきたドアのほうに顔だけ向けて声を上げた。

するとドアが開き、三浦がほとんどすっぴんで顔色の悪い痩せた三十代はじめの女を連れて入ってきた。

「中山京子《なかやまきようこ》──おまえが、塚田玲奈を誘拐するように頼んだ女だ。塚田、安心しろ。娘は、ついさっきパトカーで自宅に送り届けるように交通課の警官に言った」

工藤冴子の言葉を聞いた塚田は、「ああ」という声を漏らして、安心と喜びで両手で顔を覆った。

「どうして、おれだとわかった?」

森崎は覚悟を決めたのか、うっすら笑みを浮かべて言った。

「塚田管理官に対する従順ぶりや、村下刑事が丸山恵理子強姦殺人事件を担当したことを知らなかったことにしていた、おまえのなかなか自然な演技に当初は見事に騙された。だが、〝おとみさん〟の正体が塚田だということがわかったとき、竹内彰、小嶋由紀夫殺しの犯人も近くにいると思った。そのとき、おまえの顔が浮かんだ」

「だから、どうしてだと訊いているんだ」

「本庁の捜一のエースにしては、おまえの捜査が杜撰《ずさん》過ぎたからだよ。調布の主婦殺しの捜査で、大多数の所轄の捜査員が通り魔説を唱えたのに対して、たったひとり怨恨説を唱えて事件を解決させたおまえが、こっちの事件《ヤマ》じゃ、二度も容疑者を間違えた。そんなことで本庁の捜一の刑事《デカ》が務まるんだったら、本庁に行きたがってうずうずしているどこかの刑事さんたちの立場がない」

工藤冴子は、北村係長たちに冷やかな視線を向けて言った。

「調子に乗りやがって……」

北村係長が恨みがましくつぶやいた。

「そこで、おまえの経歴を調べてみた。おまえが警察官になったのは、今から十七年前。最初の勤務先は、練馬区の豊島園近くの交番だった。そうだ。丸山恵理子が働いていた幼稚園の近くにある交番で、しかも通り道にある。つまり、お互いに顔を知っていた可能性が極めて高い。そしてちょうどその頃、丸山恵理子は小嶋由紀夫にストーカー行為をされて困っていた。毎日通う幼稚園の通り道にある交番に勤務している、顔馴染みで、同年代のおまわりさんのおまえに、丸山恵理子が相談してもなんらおかしくない。いや、きっと、おまえは相談されたんじゃないのか?」

工藤冴子が、まるで断罪するように言うと、会議室の天井に視線を向けていた森崎が話しはじめた。

「ああ、そうさ。あんたの言うとおりだ。おれは、ある日、彼女から見知らぬ若い男からストーカーにあっている。なんとかして欲しいと相談された。しかし、おれは真剣に取り合わなかった――」

森崎のなおざりな態度にそれ以上相談することをあきらめた丸山恵理子は、微《かす》かに笑っているような、それでいて泣いているようにも見える寂《さび》しげな表情を浮かべて交番を去っていった。

そして、次の日から、彼女は交番の前を通ることはなくなった。

「それからしばらくしてだ。彼女が、あいつらに殺されたのは……」

無線連絡を受けて、現場に駆け付けた森崎は愕然となった。目と口をぽっかりと開けた丸山恵理子が、半裸状態で道端の草むらに捨てられ、冷たくなっていたのだ。

死んでいるはずの丸山恵理子に、森崎はじっと見つめられている気がした。

そして、ぽっかりと開いている口が、

『どうして助けてくれなかったの？　あなた、警察官じゃない……』

そう訴えつづけているように思えてならなかった。

その日から、丸山恵理子は、毎夜のように夢に出てくるようになった。

交番を出て行ったときの、あの微かに笑っているような、見ようによっては泣いているようにも思える寂しげな表情を浮かべて——森崎は日を追うごとに罪の意識と後悔の念に苛《さいな》まれ、自分を激しく責め続けた。

「せめて自分にできる彼女への供養は何か、おれは真剣に考えた。その答えは、二度と彼女のような被害者を出さないことだ。そう思ったおれは、仕事と昇進試験の勉強に必死になって取り組み、ようやく中野署に配属になって刑事になった——」

その中野署で森崎は村下刑事と出会ってコンビを組み、村下から刑事のイロハを徹底的に叩きこまれた。

村下は仕事には厳しかったが、プライベートでは子供がいなかったこともあって、森崎を息子か年の離れた弟のように可愛がってくれた。

そんなある日、村下と森崎は、改造拳銃を持って深夜のコンビニを襲い、売上金を奪う強盗犯の正体を摑み、犯人の住むアパートに踏み込んだ。

打ち合わせでは、まず村下が拳銃を構えながら先に踏み込み、犯人の動きを封じさせ、森崎がつづいて入ってきて手錠をかけるという段取りだった。

しかし、森崎は興奮していたのか、段取りを間違えて、素手のまま勝手に先に部屋に踏み込んだとたん、まるで石のように突っ立ったまま動かなくなった。

いや、動けなくなっていたのである。犯人が、改造拳銃を森崎に向けていたのだ。

そして、犯人は、

『来るなぁ！』

と叫び、引き金を引いた。

パン！――乾いた銃声とともに、森崎の体が飛んだ。飛びながら、森崎は、村下の左肩口から血しぶきが舞うのを目にしていた。

犯人が引き金を引いた瞬間、石のように動けなくなっていた森崎に、村下が体当たりを食らわせてどけ、自分が身代わりになって銃弾を浴びたのである。

『村下さん！』

森崎が駆け寄ろうとすると、

『やつを捕まえろ！　早く！』

床に膝をついて左肩口を右手で押さえながら、痛みで顔を歪めて村下が叫んだ。

『は、はい――』

森崎が犯人のほうを向くと、犯人は自分がしてしまったことに驚いて、「ひい～っ」と奇妙な声を上げて改造拳銃を放り投げ、腰を抜かしたように尻もちをつきながら、ずりずりと壁際に後ずさっていた。

森崎は、ようやく冷静さを取り戻し、自分の手で犯人に手錠をかけて逮捕したのだった。

　そして、その一件が評価され、森崎は念願だった本庁の捜査一課の強行犯捜査に抜擢されることになったのである。

　むろん、本来なら、森崎の取った行動は評価どころか、非難されるべきものだ。だが、村下が、段取りを間違えて、素手のまま部屋に最初に突入したのは自分のミスだったと報告書に書き、犯人逮捕を森崎の手柄にしたのである。

　それを知った森崎に、村下は言った。

『おまえは、おれの息子みたいなものだ。父親は、息子に自分を超えて欲しいと願うものだ。おまえなら、きっとおれなんかより、ずっといい刑事になれる。頼むぞ』

　こうして村下の期待を一身に背負って本庁の捜査一課の刑事になった森崎は、めきめきと頭角を現し、やがて同い年でキャリアの塚田管理官の目に留まり、彼の右腕となっていったのである。

「そして、調布署管内で主婦殺しが起きて、おれは村下さんと再会したが、村下さんは村下さんで、〝おとみさん〟である塚田と出会ったんだ。今思えば、丸山恵理子が、あの世からそうなるように仕組んだんじゃないかとさえ思える出会いだった――」

　主婦殺害事件の捜査の最中、村下は森崎にはじめて丸山恵理子強姦殺人事件に自分が関わり、警察上層部からの圧力に屈して先輩の黒沢刑事が行った自供調書の改ざんを黙認してしまったことを告げた。

「村下さんは、死ぬ二日前に電話してきて、おれに言ったんだ。十六年前、取り逃がした〝おとみさん〟を追い詰め、警察を辞めさせる。それが、自分にできる丸山恵理子への唯一の供養だって――しかし、村下さんは死に、自殺と断定された。おれは、すぐにピンときた。塚田に殺られたんだってな……」

「で、今度は、おまえが村下さんの遺志を継いで、塚田に復讐をしようと決意したってわけか」

「ああ、そうさ。まず、竹内彰をああいう殺し方をして、塚田がどんな反応を示すか見ることにした。そして、次は小嶋由紀夫を同じ殺し方をし、次はおまえだというメッセージを込めて〝おとみさん〟という血文字を現場に残してやったんだ」

森崎は塚田を見やった。塚田は怒りからなのか、それとも恐怖からなのか、体を小刻みに震わせている。

「竹内と小嶋を殺したのは、塚田を精神的に追い詰めるためでもあったが、同時に丸山恵理子へのおれなりの供養のつもりでもあった。だってそうだろ。あのふたりは殺されて当然のことをしたんだ。しかし、あいつらは、たった六年と十三年で娑婆に出てきて、のうのうと暮らしているんだ。そんなことが許されていいはずがないだろ?」

森崎は、工藤冴子に訴えかけるように言った。

「一見、聞こえはいいが、結局、おまえがふたりを殺したのは、丸山恵理子が助けを求めたのに、自分が真剣に取り合わなかったために殺されたことに対しての後ろめたさと、おまえの私憤によるリンチに過ぎない——しかし、それはそれで理解できなくはない。だが、肝心の塚田管理官への復讐は簡単にはいかなかった。そこで、おまえはもっと手の込んだことを考えたってわけだ」

「ああ。敵はなんたって管理官だ。まともにぶつかって勝てる相手じゃない。まして、村下さんが言った証拠なんてありはしないし、罪も時効になっている。そこで、おれは塚田を社会的に葬り去り、なおかつ村下さんを殺したことを自白させるために、塚田の娘を誘拐することを思いついた」

「だが、それを実行するには、おまえが直接手を下すわけにはいかない。アリバイを成立させておかなければ疑いがかかる恐れがあるからな。そこで、おまえは以前、暴力団員の情婦でシャブ漬けにされて命を落としそうになっていたのを助けたことがある、この中山京子に塚田の娘を誘拐することを頼んだ」

計画は拍子抜けするほどうまくいった。塚田の妻と娘が大型スーパーに買い物に行ったあとをつけて、塚田の妻が目を離した隙に連れ去ればいいだけのことだった。

あとは、車に乗せて新大久保《しんおおくぼ》の中山京子の自宅マンションで、二日間軟禁状態にしておけばよかったのである。

しかし、竹内彰と小嶋由紀夫を殺し、さらに塚田の娘の誘拐も森崎の仕業だと睨んだ工藤冴子は、森崎の携帯電話の通話記録を電話会社に調べさせ、ここ数日間連絡を取り合っている人間の中から女の名前を探すと、中山京子ただひとりしかなかった。

工藤冴子と三浦は、すぐに中山京子の素性を洗った。すると、中山京子は、森崎が馴染みにしている新宿のクラブ『JOY』でホステスをしていることがわかったのである。

塚田管理官の娘を誘拐したのは、中山京子だ――工藤冴子は確信した。おそらく、この計画はずいぶん前から練られていたものだろう。少なくとも、三浦が休憩室で、森崎が『JOY』の名前が刻印されたライターを使用しているのを見たときには、すでに計画はできていたはずだ。

工藤冴子は、以前から女っ気のない森崎がどうしてときおり、香りの強い香水の匂いが衣服についているのか不思議に思っていたのだが、それは森崎が中山京子の部屋に行って、塚田の娘を誘拐する計画を入念に相談していたからだと思い至ったのである。

そして工藤冴子は、三浦とともに中山京子のマンションに踏み込んで中山京子と塚田の娘の玲奈を確保し、誘拐事件はあっさり解決。あとは、記者会見が終わるのを待てばいいだけとなった。

「工藤、おまえ、記者会見の前に管理官の娘を助けていたのなら、どうして早くそれを言わなかった！」

北村係長が目を剝いて、食ってかかるように言った。

「北村係長さんよ、あんた、どこまでめでたくできているんだ？　そんなことをしたら、みんなしてこの不祥事を隠蔽しようとするに決まっているだろうが」

工藤冴子は、吐き捨てるように言った。

と、本宮課長が、突然、拍手をし出した。

「いやぁ、工藤、ご苦労だった。おまえなら、必ず誘拐犯を見つけ出すと思っていたが、こんな早く解決させるとは見事なもんだ」

「？――まさか、本宮、おまえ……」

工藤冴子は思わず、本宮課長を呼び捨てにした。

「お祭しのとおり、さっきの報道陣は全部、ウチの署員だ」

本宮課長は、憑《つ》きものが落ちたように晴れやかな顔をしてそう言うと豪快に笑った。

「てめえって、男はどこまで――」

工藤冴子が、かっとなって、本宮課長のほうへ向かっていこうとすると、本宮課長は北村係長たちに目で合図した。北村係長たちは、素早く工藤冴子の前に立ちはだかった。

「くっ……」

工藤冴子は、悔しそうに顔をゆがめた。

「工藤、まあ、そうかっかするな。ちゃんと、この塚田管理官は村下刑事殺害容疑で逮捕するんだ——さ、塚田管理官、手を出してください。それから、おまえたち、森崎にも手錠をかけろ」

本宮課長がそう言って、自分の腰から手錠を取り出して、塚田管理官の手にかけようとしたその瞬間——塚田は、本宮課長の左胸下にかけてある拳銃ホルダーから拳銃を抜き取って、本宮課長の頭に銃口を突きつけた。

「なにをするんです?!」

本宮課長は悲鳴に近い声を上げた。その声に振り返った北村係長や谷、坂野、田端、飯沢たちは茫然となっている。

「静かにしろ。工藤、おまえが持っているＩＣレコーダーを投げてよこせ」

工藤冴子が睨みつけていると、

「早くしろ。さもないと、本宮課長の頭を吹っ飛ばすぞ」

塚田管理官は目を血走らせている。

「おまえら、前をあけろ――」

工藤冴子は目の前に立ちはだかって、体だけ本宮課長と塚田管理官のほうに向けている北村係長たちに鋭い口調で言った。

「何をする気だ……」

工藤冴子のほうを見た北村係長が、怯えた声を上げた。

無理もない。工藤冴子は、自分の拳銃を取り出して、本宮課長を盾《たて》に取っている塚田管理官に銃口を向けていたのだ。

「見ればわかるだろ。あいつを撃つ――」

工藤冴子と本宮課長を盾に取っている塚田管理官との距離は、およそ六メートルほどである。

前に立ちはだかっていた北村係長たちは、恐怖で顔を引きつらせながら恐る恐る二手に分かれて道を開けた。

「工藤、無茶だ。本宮課長に銃弾が当たってしまう」

谷が言った。

「本宮課長、それくらいの覚悟はできてますよね……」

工藤冴子は、カチャッと撃鉄を起こして言った。

「工藤……」

顔を引きつらせている本宮課長は、名前を呼ぶのがせいいっぱいのようで、塚田のなすがままになっている。

「塚田にこのICレコーダーを壊されてしまえば、やつが村下刑事を殺したという証拠は何もなくなってしまう。いや、それだけじゃない。塚田が丸山恵理子の強姦殺人事件の共犯者だということも、うやむやになってしまうだろう。そうなれば、塚田は警察を辞めなくて済む。こんなことになってしまったのも、本宮課長、あんたが約束どおりちゃんと本物の報道陣を入れなかったからだ。だから、責任は取ってもらう。命をかけてな――」

工藤冴子は、その大きな瞳をカッと見開き、引き金にかけている指に力を込めた。

「やめろ、工藤」「工藤さん、やめてください」「無茶ですよ」という北村係長や坂野、田端の小さな声が聞こえた。三浦はただ息を詰めて見守っているしかなかった。

と、突然、

「塚田ぁ！」

森崎が叫んだ――と同時に、パン、パンと乾いた音がふたつ会議室にこだました。

見ると、北村係長たちから三メートルほど離れたところで拳銃を手にしている森崎が、スローモーションのようにゆっくりとのけぞるようにして背中から床に仰向けに倒れていった。

一方、本宮課長を盾にしていた塚田管理官の腕から血しぶきが飛び、手にしていた拳銃が宙に舞って弧を描いて床に落ちていった。

工藤冴子が、両手で包み込むようにして構えていた拳銃の銃口からは、かすかに煙が漂っている。

塚田を横の位置から狙えると思った森崎が拳銃を撃とうと声を上げた瞬間、それに気づいた塚田がとっさに森崎に向かって引き金を引き、その瞬間とほぼ同時に拳銃を持っている塚田の腕に、工藤冴子が銃弾を命中させたのだ。

「森崎！」

拳銃をホルダーにしまった工藤冴子は、真っ先に森崎のもとに駆け寄った。

「課長、大丈夫ですか」

北村係長たちは、本宮課長のもとに走り寄っていった。

そして、谷が床に落ちた拳銃を手に取り、北村係長が右腕から血を流して床にしゃがみ込んでいる塚田管理官の手に手錠をかけた。

「森崎、しっかりしろ！――救急車、だれか救急車を呼べ！　早く！」

心臓のあたりを真っ赤な血で染めている森崎の体を抱き抱えて、工藤冴子が叫んだ。

「――工藤さん……」

森崎が、うっすらと目を開けて、蚊の鳴くような声を出した。

「なんだ？」

「これで……塚田は……二度と娑婆には……戻れない……」

森崎は微かな笑みを浮かべている。

「すまない、森崎。自分のせいで、こんなことに――」

工藤冴子は、悔しさで顔を歪めている。

「……違いますよ……おれは、わざと……撃たれたんです……だって……人ひとり殺したくらいじゃ……ムショからすぐに出てきてしまう……だから、工藤さんのせいなんかじゃない……おれは、あんたに感謝しているんだ……ありがとう、工藤さん……」

「なに言ってる」

「これで……あの世にいって……やっと丸山……恵理子さんに……合わす顔ができた……ふふ……」

森崎の体から、ふっとすべての力が消えた。

「死ぬな！　目を開けろ、目を開けるんだ、森崎ぃ！」

工藤冴子の悲痛な叫び声が、会議室に響き渡った。

エピローグ

数日後——工藤冴子は、初夏を思わせる日射しが降り注いでいる、渋谷署の十四階の屋上にあるベンチに座って、無心に新しい複雑な形をした知恵の輪をいじっていた。

「ここだったんですか」

三浦がやってきて声をかけた。

「おう」

工藤冴子は、知恵の輪をひたすらいじくり回していて、三浦を見ることなく声を出した。

「本宮課長、今日も休むそうです」

「ふーん」

工藤冴子は、まるで興味なさそうだ。

「工藤さん、ひとつ訊いていいですか?」

「ん？」

「あのとき、本宮課長に銃弾を当てることなく、塚田管理官を撃つ自信あったんですか？」

三浦は、塚田に拳銃を向けていたときの工藤冴子の目の奥に、殺意が宿っていたことを知っている。

「なあ、三浦――」

「はい？」

「事件と知恵の輪はよく似ているな。ただ見て、考えているだけじゃ、どうやって解くのかさっぱりわからない」

工藤冴子は、一心不乱に知恵の輪をいじくっている。

「とにかく動いて動いて動きまわる。そうすると、あるときふっと――」

いじっていた、複雑に絡み合っていた知恵の輪が外れた。

「そして、解決したとたん急につまらないものに思えてしまう」

工藤冴子は解いた知恵の輪を上着のポケットにしまった。

「ああ、そういえば、おまえ、彼女とはその後うまくいっているのか？」

工藤冴子が、眩しそうな顔をして三浦を見て訊いた。

「わかりません」

未央とは、今夜八時に会って話をすることになっている。昨夜の遅い時間に携帯電話にメールが入っていたのだ。おそらく夜勤の休み時間に送ったのだろう。

「わからない?」

「はい。でも、今夜ちゃんと自分の気持ちを伝えるつもりです」

三浦は、未央を受け入れたのは贖罪《しょくざい》の気持ちがあったこと、だが、その一方で心から守っていきたいと思い、その気持ちは今でも変わっていないという自分の気持ちを正直にぶつける決意をしていた。

その結果、未央が離れていくのなら、それはそれで仕方のない――いつだったか、工藤冴子が言ってくれたことの意味と重みが、今になってよくわかるようになったのである。

「そうか。そりゃ、結構毛だらけだ」

工藤冴子は、そう言うとベンチから立ち上がって屋上の出入り口に向かって歩き出した。

そんな工藤冴子の背中に三浦は、

「工藤さん、工藤さんはもう婚約者だった高瀬さんを殺した外村真二がムショから出てきても、自分の手で復讐しようなんて気はないですよね?」

と言った。

工藤冴子は足を止めた。

そして、振り向くことなく上着のもう一方のポケットから新たな知恵の輪を取り出して掲げるようにして見せながら、無言のまま出入り口へと向かっていった——。

著者注・この作品はフィクションであり、登場する人物および団体名は、実在するものといっさい関係ありません。

一〇〇字書評

恩　讐

切り取り線

購買動機（新聞、雑誌名を記入するか、あるいは○をつけてください）	
□（　　　　　　　　　　　　　）	の広告を見て
□（　　　　　　　　　　　　　）	の書評を見て
□ 知人のすすめで	□ タイトルに惹かれて
□ カバーが良かったから	□ 内容が面白そうだから
□ 好きな作家だから	□ 好きな分野の本だから

・最近、最も感銘を受けた作品名をお書き下さい

・あなたのお好きな作家名をお書き下さい

・その他、ご要望がありましたらお書き下さい

住所	〒				
氏名		職業		年齢	
Eメール	※携帯には配信できません		新刊情報等のメール配信を 希望する・しない		

この本の感想を、編集部までお寄せいただけたらありがたく存じます。今後の企画の参考にさせていただきます。Eメールでも結構です。

いただいた「一〇〇字書評」は、新聞・雑誌等に紹介させていただくことがあります。その場合はお礼として特製図書カードを差し上げます。

前ページの原稿用紙に書評をお書きの上、切り取り、左記までお送り下さい。宛先の住所は不要です。

なお、ご記入いただいたお名前、ご住所等は、書評紹介の事前了解、謝礼のお届けのためだけに利用し、そのほかの目的のために利用することはありません。

〒一〇一－八七〇一
祥伝社文庫編集長　坂口芳和
電話　〇三（三二六五）二〇八〇

祥伝社ホームページの「ブックレビュー」からも、書き込めます。
http://www.shodensha.co.jp/bookreview/

祥伝社文庫

恩讐《おんしゅう》 女刑事《おんなけいじ》・工藤冴子《くどうさえこ》

平成24年6月20日　初版第1刷発行

著　者　西川《にしかわ》　司《つかさ》

発行者　竹内和芳

発行所　祥伝社《しょうでんしゃ》

東京都千代田区神田神保町3-3
〒101-8701
電話　03（3265）2081（販売部）
電話　03（3265）2080（編集部）
電話　03（3265）3622（業務部）
http://www.shodensha.co.jp/

印刷所　萩原印刷

製本所　ナショナル製本

カバーフォーマットデザイン　芥　陽子

Printed in Japan ©2012, Tsukasa Nishikawa　ISBN978-4-396-33766-7 C0193

祥伝社文庫　今月の新刊

- 梓林太郎　**笛吹川殺人事件**
  鍵を握るのは陶芸品!? 有名陶芸家の驚くべき正体とは。
- 天野頌子《しょうこ》　警視庁幽霊係　**少女漫画家が猫を飼う理由《わけ》**
  幽霊と話せる警部補・柏木が死者に振り回されつつ奮闘!
- 夢枕獏　**新・魔獣狩り8**　憂艮《うしとら》編
  徐福、空海、義経…「不死」と「黄金」を手中にするものは?
- 西川司　**恩讐《おんしゅう》**　女刑事・工藤冴子
  一途に犯人逮捕に向かう女刑事。新任刑事と猟奇殺人に挑む。
- 南英男　**悪女の貌《かお》**　警視庁特命遊撃班
  美女の死で浮かび上がった強欲者の影。闇経済に斬り込む!
- 小杉健治　**冬波《とうは》**　風烈廻り与力・青柳剣一郎
  事件の裏の非情な真実。戸惑い迷う息子に父・剣一郎は…。
- 野口卓　**飛翔**　軍鶏《しゃも》侍
  ともに成長する師と弟子。胸をうつ傑作時代小説。
- 岡本さとる　**妻恋日記**　取次屋栄三《えいざ》
  亡き妻は幸せだったのか? 老侍が辿る追憶の道。
- 川田弥一郎　**江戸の検屍官　女地獄**
  〝死体が語る〟謎を解け。医学ミステリーと時代小説の融合。
- 芦川淳一　**花舞いの剣**　曲斬り陣九郎
  突然の立ち退き話と嫌がらせに、貧乏長屋が大反撃!